마음으로 바라보기

마음으로 바라보기

이철환 글·그림

자음과모음

마음의 힘

이 책을 위해 163장의 그림을 그렸습니다. 그림과 이야기로 구성된 한 권의 책을 통해 저는 인간의 지평을 확장시킬 수 있는 방법을 제시하고 싶었습니다. 오랜 시간 동안 글을 쓰고 그림을 그리는 동안 저는 내내 '마음으로 바라보기'에 대한 생각을 하였습니다. 눈이 아니라 마음으로 바라볼 때 삶과 사람과 세상을 바라보는 시선이 더 깊어질 것이기 때문입니다.

어느 날 생텍쥐페리의 『어린왕자』를 읽다가 제 영혼을 흔드는 문장을 만났습니다. "내가 지금 보고 있는 것은 단지 껍데기이다. 가장 중요한 것은 눈에 보이지 않는다. 우리가 올바르게 볼 수 있는 것은 오직 마음으로 볼 때이다." 이 세 문장을 만난 이후로 '마음으로 바라본다는 것은 무엇일까?'라는 질문이 저를 떠나지 않았습니다. '눈'이 아니라 '마음'으로 바라볼 때 저는 비로소 중요한 것을 볼 수 있겠다고 생각했기 때문입니다. 오랜 시간을 두고 '눈'이 아니라 '마음'으로 바라보는 법을 하나씩 하나씩 정리해보았더니 모두 여덟 개의 이야기를 정리할 수 있었습니다. 그 여덟 개의 이야기를 통해 '마음으로 바라보기'에 대한 저의 이야기를 들려드리겠습니다.

제가 이 책 속에 담은 한 편의 우화寓話와 '마음으로 바라보는 법 여덟 가지 이야기'는 단지 저의 경험이나 상상력을 통해서만 얻어진 것이 아닙니다. 제가 오랜 시간 동안 책을 통해 공부한 인류의 탁월한 경험과 생각 중 제 삶을 통해 공감되고 제 것으로 내면화된 내용을 저의 이야기로 풀어낼 수 있었습니다. 저의 삶으로 공감되지 않은 이야기는 다른 사람들을 감동시킬 수 없기 때문입니다.

'눈'이 아니라 '마음'으로 바라볼 때 우리는 삶과 세상과 사람을 더 정확히, 더 깊은 시선으로 바라볼 수 있습니다. 그 깊은 시선은 혹독한 세상을 살아가는 우리에게 더 좋은 선택을 할 수 있도록 이끌어줄 것입니다.

복잡한 현대를 살아가는 사람들은 심리적인 장애를 가질 수밖에 없습니다. 치료나 상담을 받아야 할 만큼 심각한 마음의 병을 앓고 있는 사람들도 많습니다. 글과 색상과 그림은 사람의 마음을 치료하고 삶의 방향을 제시할 수 있습니다. 이것은 제 개인적인 생각이 아니라 이미 많은 사람들이 인정하는 사실입니다. 제가 그린 그림과 색상과 이야기를 통해 사람들에게 위로를 드리고 싶었고 삶의 방향을 드리고 싶었습니다. 무엇보다도 '마음으로 바라보는 법 여덟 가지 이야기'를 통해 '마음의 힘'을 기를 수 있는 방법에 대한 이야기를 들려드리고 싶었습니다.

그렇다면 어째서 '마음의 힘'을 갖는 것이 중요할까요? '마음의 힘'을 가진 사람은 자신의 밖에서 정한 기준을 따라가려고 전전긍긍하지 않습니다. '마음의 힘'을 가지고 있을 때 우리는 자신을 긍정할 수 있으며, 타인이 함부로 내게 던진 시선과 말에 쉽게 무너지지 않고 당당해질 수 있습니다. '마음의 힘'을 가지고 있을 때 우리는 누군가에게 잘 보이려고 부질없이 애쓰지 않을 수 있으며 나를 쓰러뜨리려는 것들과 용감하게 맞서 싸울 수도 있습니다. '마음의 힘'을 가지고 있을 때 우리는 우리에게 주어진 피할 수 없는 삶의 상황을 운명처럼 받아들이고 우리에게 주어진 삶을 긍정할 수도 있습니다. '마음의 힘'을 가지고 있을 때 우리는 자신을 성찰할 수 있으며 같은 실수를 반복하지 않을 수 있습니다.

'마음으로 바라보는 법 여덟 가지 이야기'를 말씀드리기 전에 우리가 살아가는 세상의 모습을 먼저 들여다보고 싶어 제가 만났던 '판다 가족' 의 이야기를 들려드리겠습니다. '판다가족'의 우화를 통해 지금 우리의 모습을 먼저 들여다보고 싶었습니다. 짧지 않은 '판다가족'의 우화를 위해 149장의 그림을 그렸습니다. 우화 뒤에 다시 13장의 그림이 나옵니다. 그림을 완성하는데 5년이 걸렸습니다. 5년 내내 그림을 그린 것은 아니지만 짧지 않은 이야기와 함께 진행되는 섬세한 그림이라 시간이 많이 걸렸습니다. 대부분의 그림들은 수천 개 혹은 수만 개의 작은 점으로 그려진 그림입니다. 그림을 그리는 내내 하루가 천 년 같았고, 천 년이 하루 같았습니다. 컴퓨터로 그림을 그렸냐고 묻는 분들도 꽤 있었습니다. 저는 컴퓨터로 그림을 그릴 줄 모릅니다.

책장을 넘기시다보면 글 없이 그림만으로 흘러가는 부분이 꽤 많습니다. 글 대신 그림이 자신의 이야기를 들려줄 것입니다. 지금부터 이야기를 시작하겠습니다.

멀리 보이는 산은 판다가족이
살고 있는 산입니다.

그들이 살고 있는 곳은 눈이 많이
내리는 아름다운 곳입니다.

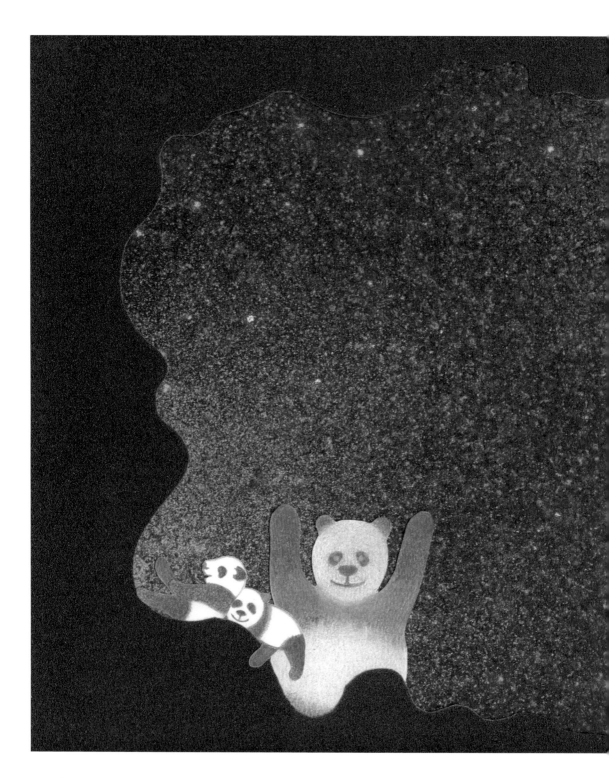

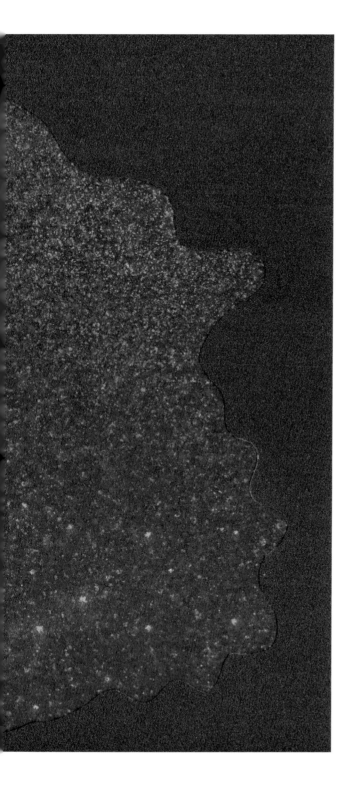

판다가족은 산 정상에 있는
고래바위 동굴에서 살았습니다.
어미판다는 새끼 두 마리와 함께
행복하게 살았습니다.

밤이 되면 강물처럼 흐르는 은하수를 바라보며
어미판다는 새끼판다들에게
옛날 이야기를 들려주었습니다.

잠들 무렵이면 가까이 있는 바닷가에서
파도 소리가 더 크게 들려왔습니다.

펭귄이네요. 펭귄은 무엇을 하고 있는 것일까요?

펭귄은 비행 연습을 하고 있습니다. 바다에 사는 물개가 펭귄을 향해
"너는 날개도 있으면서 왜 날지 못하니? 네가 가진 것은 날개가
아니라 지느러미구나. 그것이 날개라면 하늘을 날아 봐."라고
놀렸습니다. 펭귄은 비행에 성공했을까요? 날개를 퍼덕이며 하늘을
날아오를 것 같았던 펭귄은 포물선을 그리며 땅으로 떨어지고
말았습니다.

하지만 펭귄은 절망하지 않았습니다. 펭귄은 하늘을 날 거라고 굳게
다짐했습니다.

다시 하루해가 저물었습니다.

밤이 되면 숲속에서 나무들의 노랫소리가 들렸습니다.

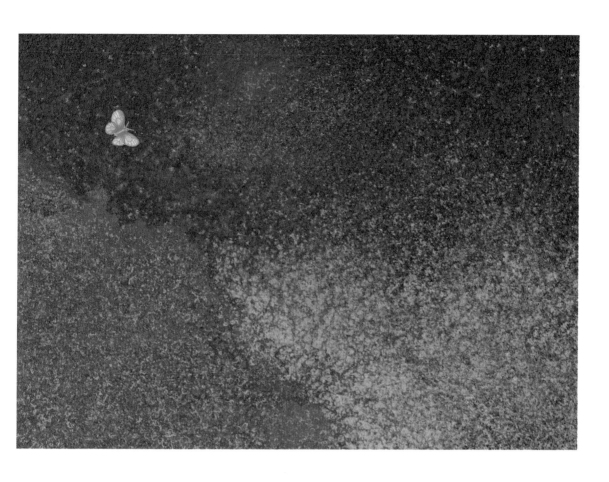

나무들의 노랫소리에 맞춰 나비도 팔랑팔랑 날고 있습니다.

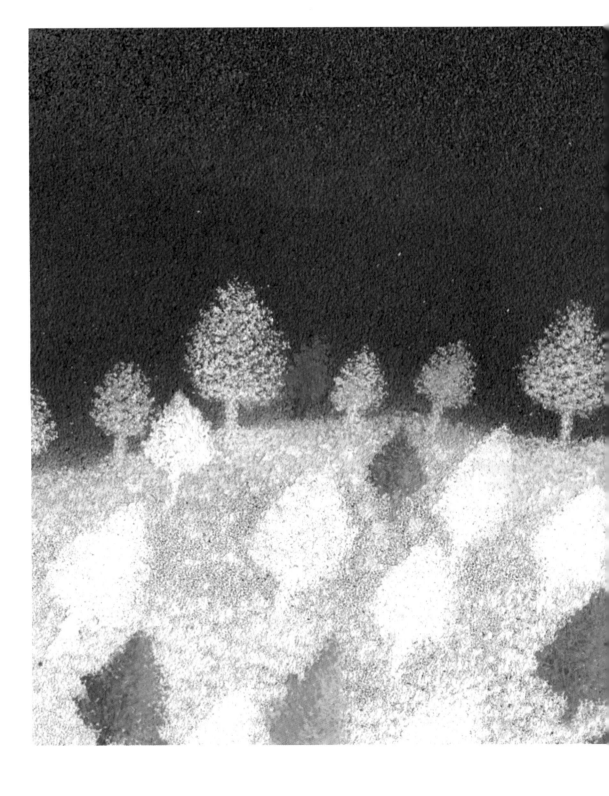

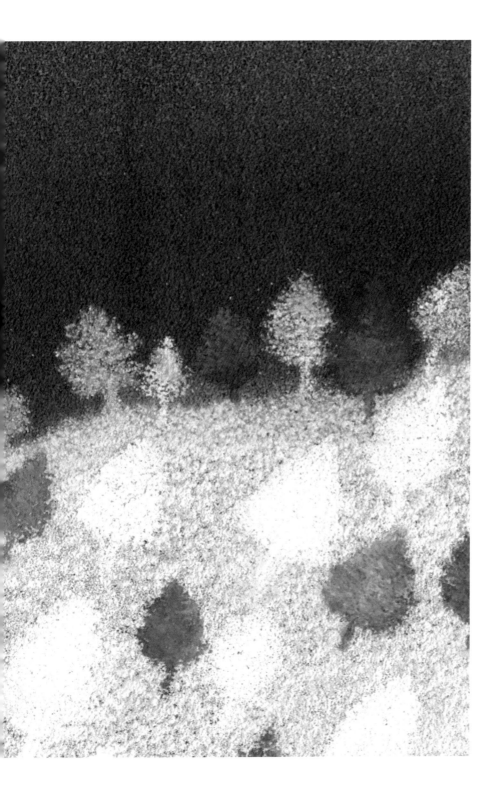

어미판다와 새끼 두 마리가
밤하늘을 바라보고 있습니다.
그들은 별들의 노랫소리를
듣고 있습니다.
밤하늘을 바라보는 그들의
얼굴에 웃음이 가득했습니다.

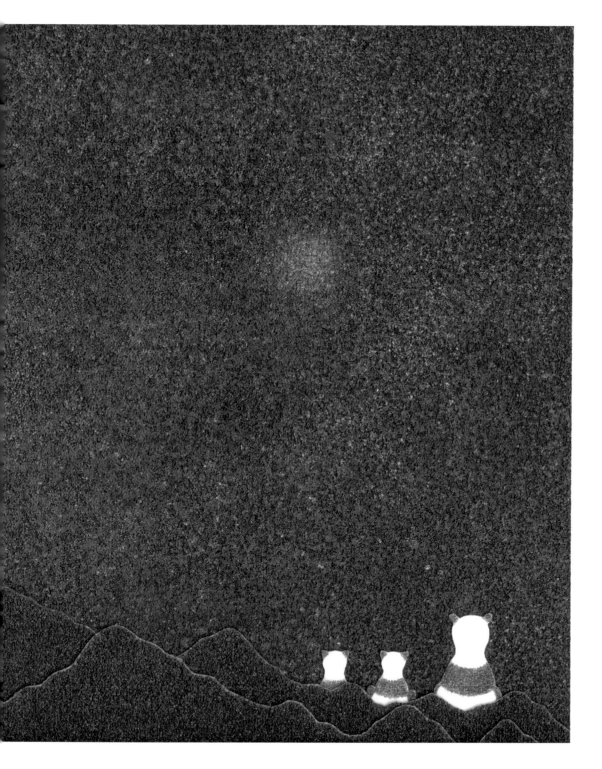

어미판다와 새끼판다들은
서로 다투기도 했습니다.
그런 날이면 모두가 섬처럼
떨어져 앉아 깊은 생각에
잠기기도 했습니다.

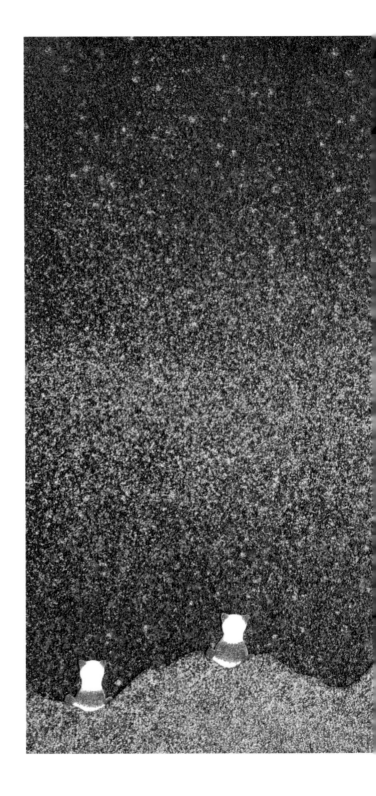

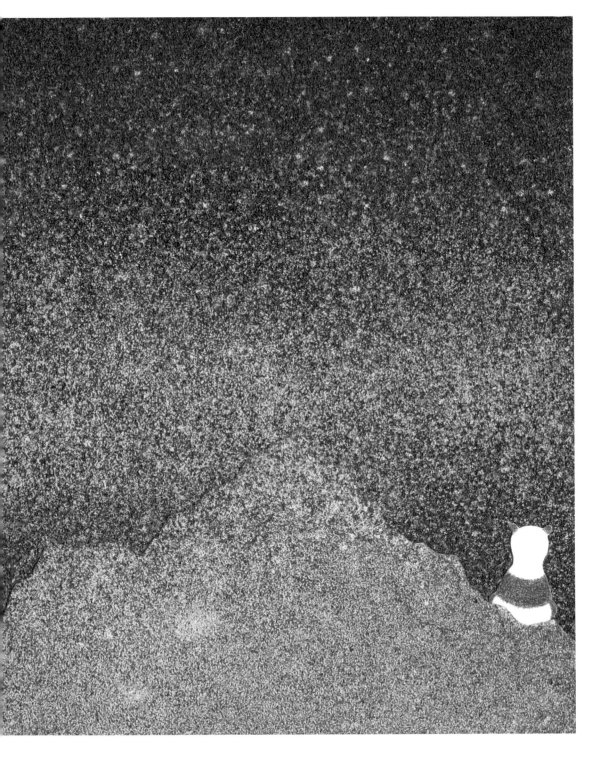

새끼판다 한 마리가
어미판다에게 칭찬을 받고
있습니다.
또 다른 새끼판다는
조금 떨어진 곳에서
머쓱한 표정을 짓고 있습니다.

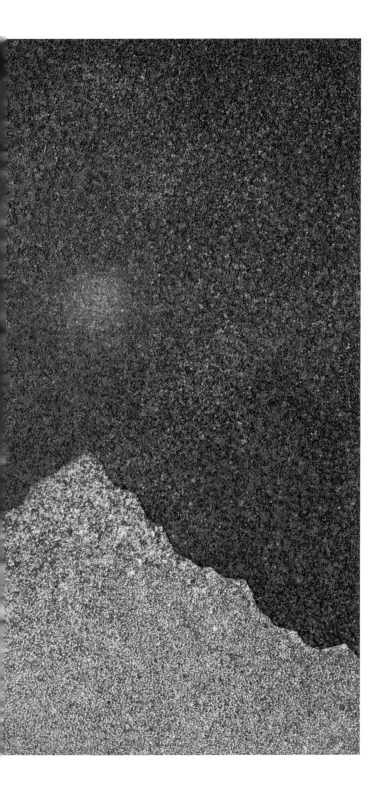

어미판다가 먹이를 구하러
나가면 새끼판다들은
동굴 밖 낮은 언덕에 앉아
서로를 의지하며 어미판다를
기다렸습니다.

새끼판다 한 마리가 어미판다에게 호되게 혼나고 있습니다.

새끼판다도 할 말이 있다는 듯 성을 내며 조금 먼 곳에 떨어져 있는

또 다른 새끼판다를 손으로 가리켰습니다.

새끼판다들이 싸운 것입니다.

한 번도 본 적이 없는

커다란 새 한 마리가

하늘을 날고 있습니다.

새끼판다들은 깜짝 놀라

어미판다를 불렀습니다.

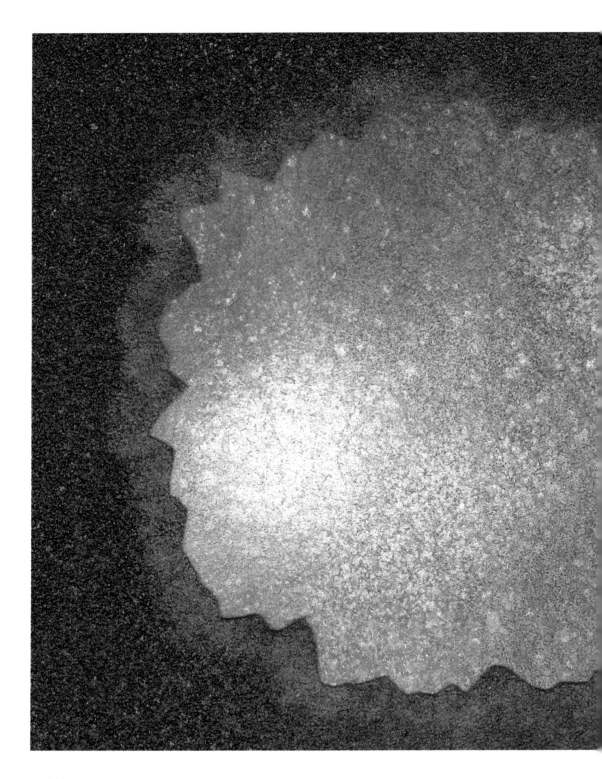

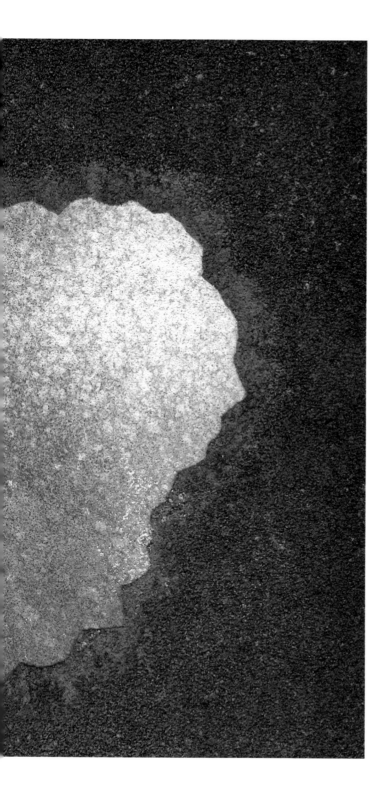

고래바위 동굴 밖으로
푸른 하늘이 보입니다.

판다가족이 산 위에 올라
푸른 하늘을 바라보고
있습니다. 그들의 얼굴이
금세라도 하늘빛으로
물들 것만 같습니다.

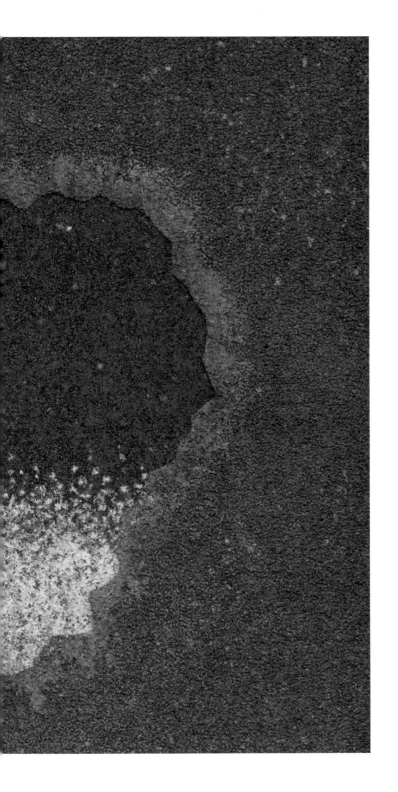

밤이 되면 판다가족은
동굴 앞에 앉아 유채꽃 핀
들녘을 바라보기도
했습니다.

어떤 날은 한밤중에
유채꽃 핀 들녘으로
소풍을 가기도 했습니다.

어미판다가 새끼판다들에게 버럭 소리를 질렀습니다.
어미판다는 화를 누르지 못하고 계속 큰 소리로 새끼판다들을
야단쳤습니다. 평소와 많이 다른 어미판다의 모습에 새끼판다들은
어리둥절했습니다.

어미판다가 그 정도로 무지막지하게 화낼 일은 아니었습니다.

비오는 날이면 어미판다와 새끼판다들은 동굴 입구에 앉아
비 내리는 풍경을 바라보았습니다. 동굴 밖으로 나가
비를 맞으며 재미있게 놀기도 했습니다.

비 그친 밤하늘에서 '쾅'하고 마른번개가 치면

새끼들은 깜짝 놀라 어미 품으로 달려왔습니다.

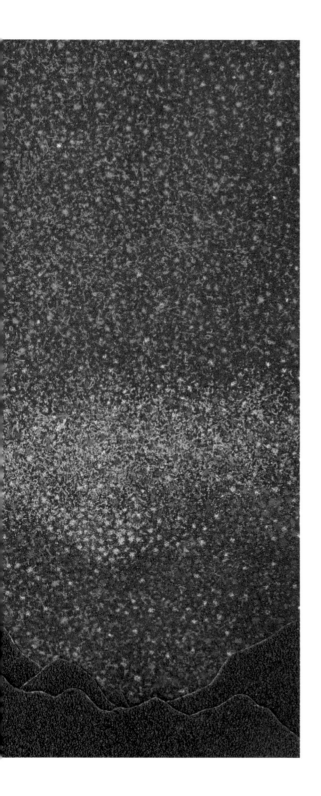

가을날 앞산으로 소풍을 갔습니다.
재미있게 놀다가 별 것도 아닌 일로
말싸움을 하고 나면 어미판다와
새끼판다들은 잔뜩 토라져
집으로 돌아왔습니다.

그런 날이면 집으로 돌아오는 길이
멀기만 했습니다.

어미판다는 '춤추는 나무'가 있는 곳으로 새끼판다들을
데리고 갔습니다. 새끼판다들은 어미판다 옆에 서서
눈부시게 환한 달빛을 바라보고 있습니다.

어미판다는 힘차게 땅을 박차고 '춤추는 나무'가 되어
허공으로 뛰어올랐습니다. 새끼판다들도 어미를 따라
'춤추는 나무'가 되었습니다.

가을이 지나고
첫눈이
내렸습니다.

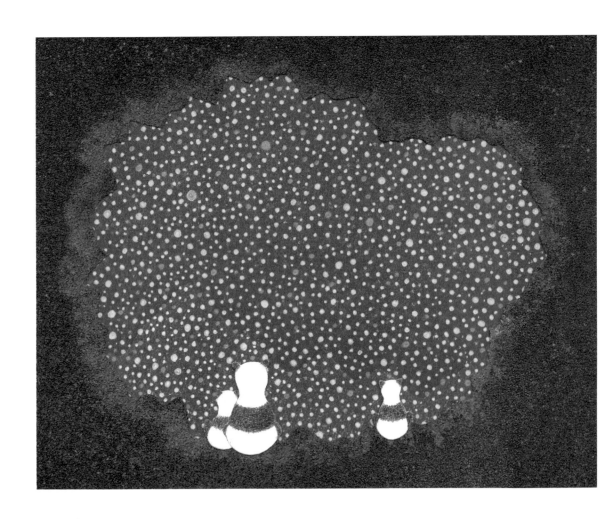

판다가족은 동굴 입구에 앉아
눈 내리는 풍경을 바라보았습니다.

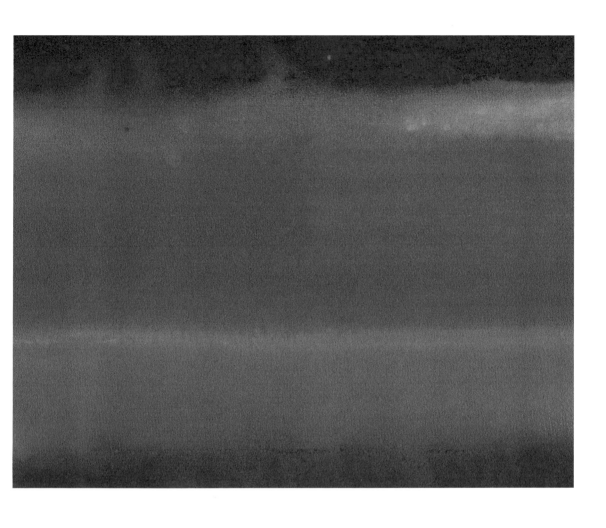

그렇게 두 달이 지났습니다.

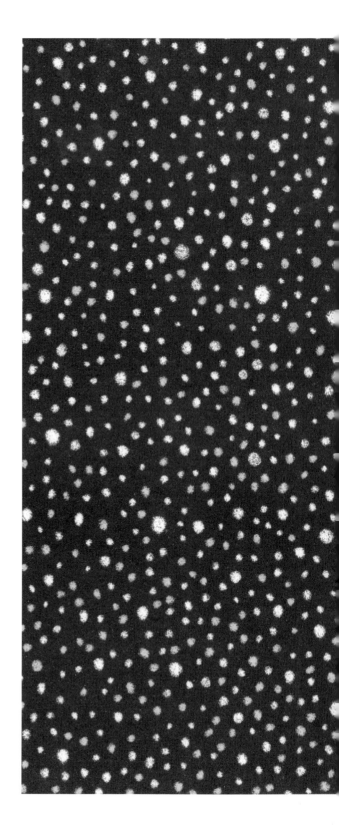

한밤중에 강아지 한 마리가 눈
내리는 허공을 올려다보고 있습니다.
강아지는 혼잣말을 했습니다.
"도무지 재를 이해할 수 없어. 아무리
봐도 제정신이 아냐. 제정신이라면
저럴 리 없잖아."

강아지는 누구를 향해 말하는
것일까요?

사막여우 한 마리가 눈 내리는 들판을
걷다가 걸음을 멈췄습니다. 눈 내리는
허공을 바라보던 사막여우가 고개를
갸웃거리며 혼잣말을 했습니다.
"아아. 제정신이 아니라는 아이가
바로 쟤로구나. 제정신이 아닌 거
맞네……. 쟤는 왜 며칠 째 밥도
안 먹고 저러고만 있을까?"

사막여우는 누구를 향해 말하는
것일까요?

펭귄이 눈을 맞으며 어딘가로 걸어가고
있습니다. 펭귄은 숲속에서 일어난 일에
대해 아무런 관심이 없습니다.

펭귄은 오직 비행 연습에만 몰두했습니다.
펭귄은 자신을 놀렸던 물개의 말을
잠시도 잊을 수 없었습니다.
"너는 날개도 있으면서 왜 날지
못하니? 네가 가진 것은 날개가 아니라
지느러미구나. 그것이 날개라면 하늘을
날아 봐."

물개의 말이 생각날 때마다 펭귄은
가슴이 아팠습니다.

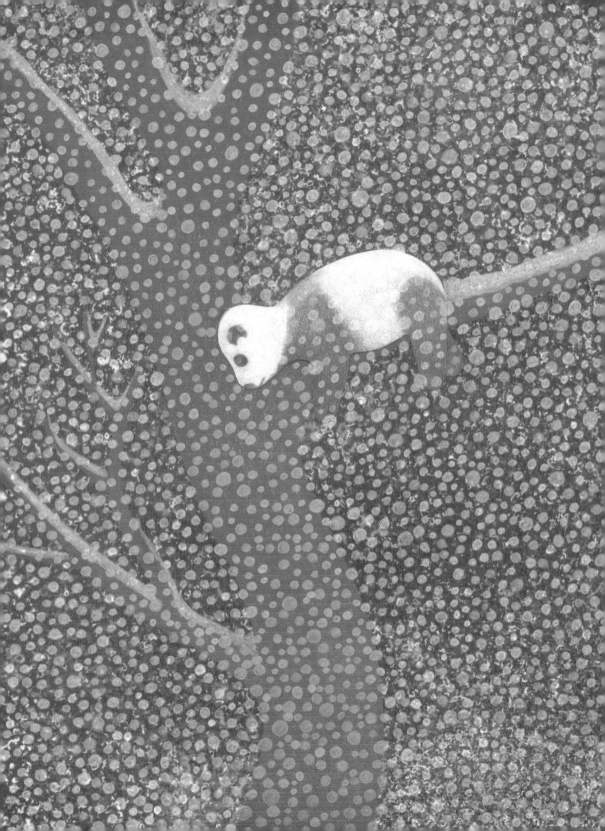

강아지와 사막여우는 누구를 보고 제정신이 아니라고 말한
것일까요?

강아지와 사막여우는 나무 위에 올라가 눈을 맞고 있는 어미판다를
보고 제정신이 아니라고 말한 것입니다. 어미판다의 행동이 정말
이상했습니다. 어미판다는 눈만 내리면 나무 위로 올라갔습니다.
숲속에 일주일이나 열흘 동안 눈이 내리면 어미판다는 일주일이나
열흘 내내 아무것도 먹지 않고 나무 위에만 올라가 있었습니다.

어미판다는 눈이 그쳐도 금세 나무를 내려오지 않았습니다.
쨍쨍한 햇볕에 눈이 녹아 군데군데 땅이 보이면 그때서야
어미판다는 기진맥진한 채로 나무를 내려왔습니다.

강아지와 사막여우는 눈으로만 어미판다를 바라보고 함부로
어미판다를 조롱한 것입니다. 그들이 '눈'이 아니라 '마음'으로
어미판다를 바라보았다면 어미판다에게 다가가 진심을 다해
이렇게 물었을 것입니다.
"판다야, 왜 그래? 숲 속의 모든 친구들이 너보고 제정신이
아니라고 말하고 있어. 솔직히 말하면 내가 보아도 그렇게 보여…….
그런데 네가 괜히 그럴 리 없잖아. 네가 왜 그러는지 내게 말해줘.
너를 돕고 싶어서 그래……."
강아지와 사막여우가 어미판다를 향해 이렇게 물었다면
어미판다는 자신이 왜 그럴 수밖에 없는지 그 이유를 말해주었을
것입니다.

하지만 강아지와 사막여우는 먼발치에서 눈으로만 어미판다를
바라보고 어미판다를 조롱한 것입니다. 누군가의 유난스러운
행동은 대부분 그가 겪은 지난날의 상처와 맞닿아 있다는 것을
강아지와 사막여우는 몰랐던 것입니다.

어미판다는 왜 이상한 행동을 했을까요? 도대체 어미판다에게
무슨 일이 있었던 것일까요?

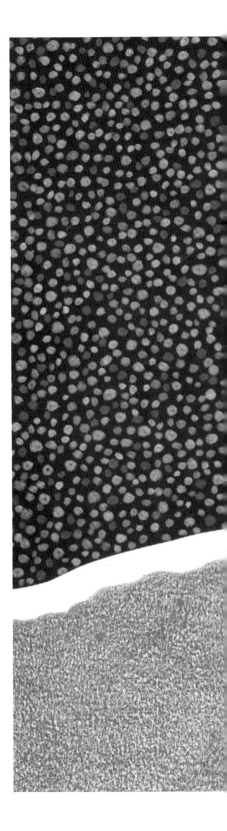

어미판다에게 무슨 일이 있었는지 말씀드리겠습니다.

1개월 전에 있었던 일입니다. 판다가족이 살고 있는
고래바위 동굴 밖에 일주일 동안 함박눈이 내리고
있습니다. 고래바위 동굴 안쪽에서 새끼판다들의
울음소리가 들려옵니다. 일주일 동안 아무것도 먹지
못한 새끼판다들이 배고파 울고 있는 것입니다.
어미판다는 슬픈 표정으로 새끼들을 바라볼 뿐 먹이를
구해올 생각을 하지 않습니다. 어미판다는 왜 먹이를
구해오지 않는 것일까요.

어미판다가 참 이상합니다.

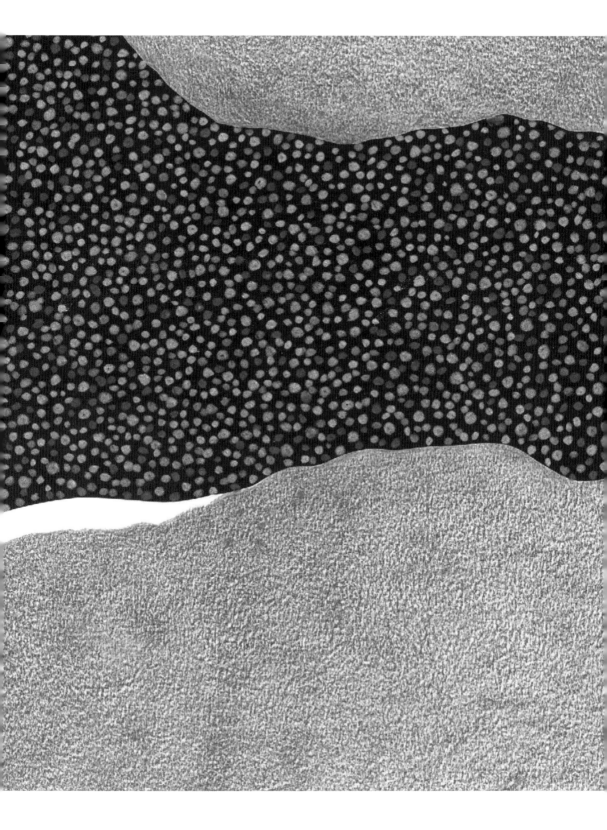

어미판다가 눈 쌓인 동굴 앞에서 서 있습니다. 어미판다는
동굴 밖으로 한 걸음도 나가지 않았네요. 어미판다는 벌써 일주일째
동굴 앞에 서서 망설이고만 있습니다. 어미판다는 왜 망설이고만
있을까요. 일주일 동안 아무것도 먹지 못한 어미판다의 어깨가 축
늘어져 있습니다.

고래바위 동굴과 멀리 떨어진 곳에서 어미판다를 바라보고 있던
붉은늑대가 혼잣말을 했습니다.

"쟤는 틀림없이 가짜 엄마야. 진짜 엄마라면 저럴 리 없어. 새끼들이
배고파 울고 있는데 먹이를 구하러 나가지도 않잖아."

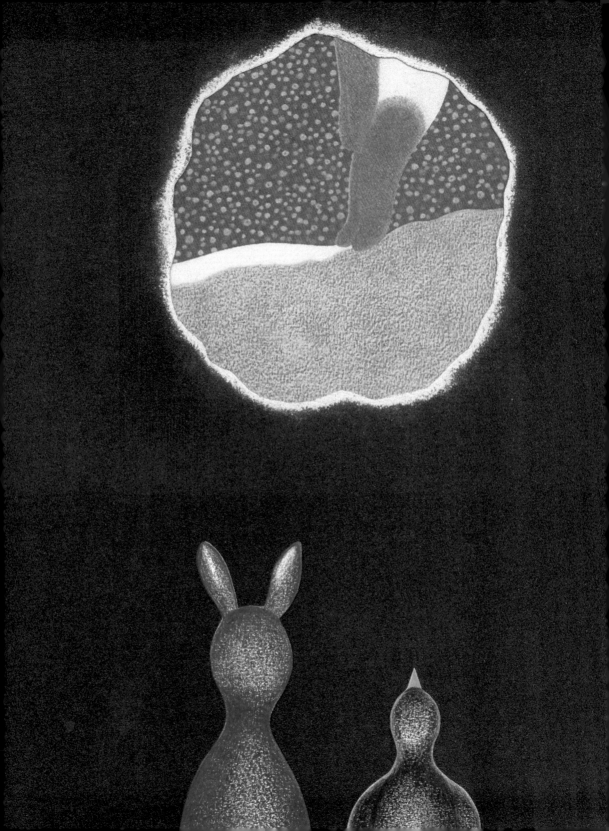

고래바위 동굴과 멀지 않은 또 다른 동굴에서 어미판다를
바라보고 있던 파란토끼가 옆에 있는 펭귄에게 말했습니다.
"가짜 엄마가 새끼들 다 죽이겠다. 그치?"
파란토끼의 말에 펭귄은 관심 없다는 듯 아무런 대꾸도 하지
않았습니다.

펭귄의 머릿속은 오직 하늘을 날아야 한다는 생각으로만 가득
차 있었습니다.

붉은늑대와 파란토끼는 눈으로만 어미판다를 바라본 것입니다.
그들이 '눈'이 아니라 '마음'으로 어미판다를 바라보았다면
어미판다에게 다가가 진심을 다해 이렇게 물었을 것입니다.
"판다야, 왜 그래? 숲 속의 모든 친구들이 너보고 가짜 엄마라고
말하고 있어. 솔직히 말하면 내가 봐도 그렇게 보여……. 그런데
네가 괜히 그럴 리 없잖아. 네가 왜 그러는지 내게 말해줘. 너를
돕고 싶어서 그래……."
붉은늑대와 파란토끼가 어미판다를 향해 이렇게 물었다면
어미판다는 자신이 왜 그럴 수밖에 없는지 그 이유를 말해주었을
것입니다.

하지만 붉은늑대와 파란토끼는 먼발치에서 눈으로만 어미판다를
바라보았던 것입니다. 누군가의 유난스러운 행동은 대부분 그가
겪은 지난날의 상처와 맞닿아 있다는 것을 붉은늑대와 파란토끼는
몰랐던 것입니다. 어린 새끼들이 배고파 여러 날 동안 울고 있는데
어미판다는 왜 먹이를 구하러 나가지 않았을까요?

어미판다에겐 그럴만한 분명한 이유가 있었습니다. 어미판다가
먹이를 구하러 동굴 밖으로 걸어 나가는 순간 수북이 쌓인 눈 위에
어미판다의 발자국이 선명하게 찍힐 것입니다. 어미판다는 자신과
새끼판다들을 노리는 사냥꾼이 있다는 것을 알고 있었습니다.
만일에 판다 사냥꾼이 눈 위에 찍힌 어미판다의 발자국을
발견하는 날이면 어미판다는 물론 동굴에 남겨진 새끼판다들까지
위태로워진다는 것을 어미판다는 알고 있었습니다. 그렇다고
동작이 굼뜬 어린 새끼들을 데리고 눈 쌓인 숲속으로 나가는 건
더 위험하다는 것을 어미판다는 알고 있었습니다. 어미판다는
하루라도 빨리 눈이 그치고 쨍쨍한 햇볕에 눈이 녹아 군데군데
땅이 보이기를 마음속으로 빌었습니다.

열흘이 넘도록 눈은 그치지 않았습니다. 어미판다는 더 이상 망설일
수 없었습니다. 더 이상 기다리면 어린 새끼들이 굶어 죽을 수도
있기 때문입니다. 어미판다는 동굴 밖으로 걸어 나갔습니다. 내리는
함박눈이 눈 위에 찍힌 자신의 발자국을 덮어줄 거라고 믿을 수밖에
없었습니다.

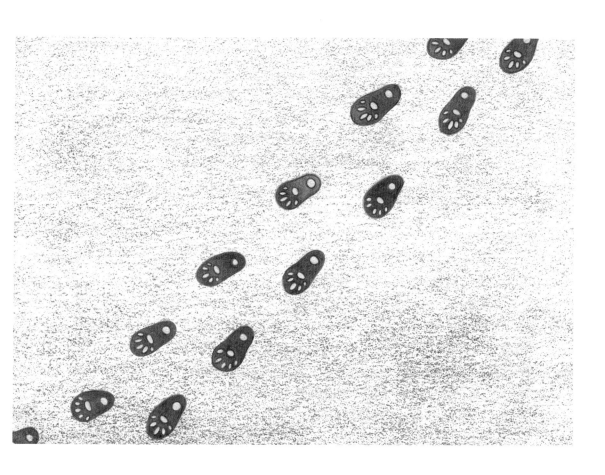

쌓인 눈 위로 어미판다의 발자국이
선명하게 찍혀 있습니다.

어미판다는 먹이를 구하기 위해

산 아래까지 내려갔습니다.

어미판다의 예감이 맞았습니다.

판다 사냥꾼들이 산을 오르고 있습니다.

사냥꾼은 두 사람입니다.

산을 오르던 사냥꾼들이 어미판다의 발자국을 발견했습니다.
사냥꾼 중 한 명이 어미판다의 발자국이 있는 곳으로 서둘러
다가갔습니다.
"틀림없어. 몇 달 전에 봤던 어미판다의 발자국이야. 어미 발자국만
찍힌 것을 보니 새끼들은 집에 두고 온 것이 확실해."
사냥꾼은 서늘하게 웃으며 말했습니다.

그는 잔뜩 흥분된 얼굴로 옆에 있는 사냥꾼에게 말했습니다.
"내게 좋은 생각이 있어. 너는 어미판다의 발자국을 따라
산 아래로 내려가서 어미판다를 잡으라고. 나는 이 발자국을 따라
산 위로 올라가 새끼판다들을 잡을 테니까."
사냥꾼들은 뭉클뭉클 웃으며 서둘러 각자의 길로 걸어갔습니다.

어미판다가 먹이를 구해 산을 오르고 있습니다.

산을 오르던 어미판다가 갑자기 걸음을
멈췄습니다. 어미판다의 눈앞에 도무지 믿을 수
없는 광경이 펼쳐져 있었습니다. 눈 위에 찍혀
있는 자신의 발자국 위에 사냥꾼의 발자국이
어지럽게 찍혀 있었습니다.
고래바위 동굴에 남겨진 어린 새끼들이
위태롭다는 것을 알고 어미판다는 미친 듯이
동굴을 향해 달려갔습니다.

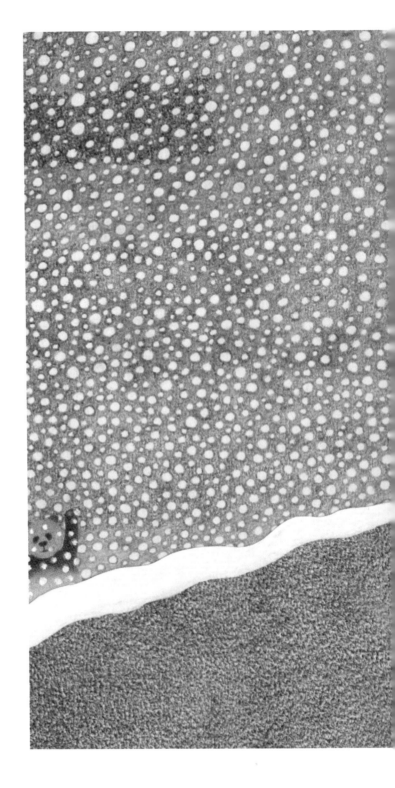

어미판다는 숨을 몰아쉬며
동굴 근처까지 달려와
큰 소리로 새끼들을
불러보았지만 새끼들은
이미 그곳에 없었습니다.

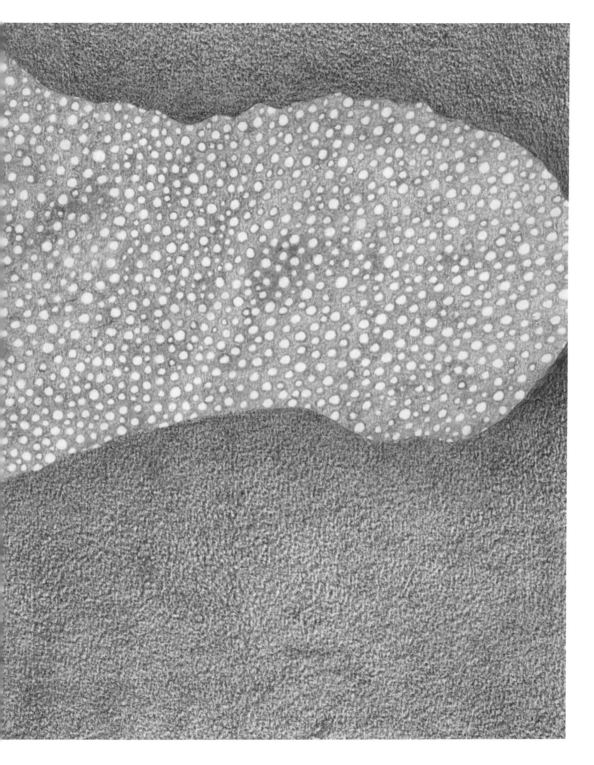

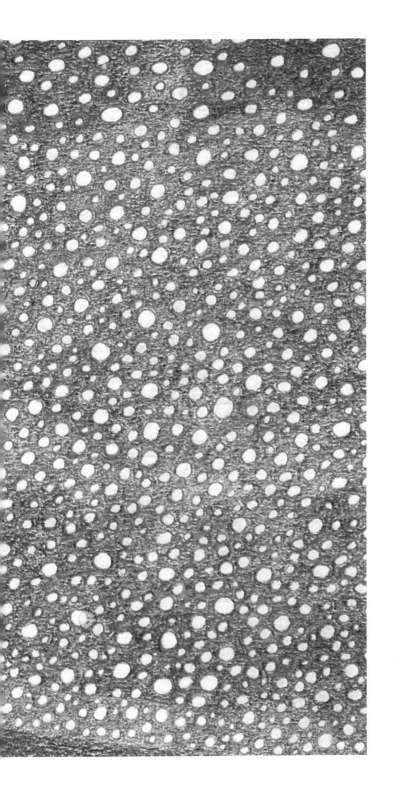

새끼들은 사냥꾼의
밧줄에 꽁꽁 묶인 채
벌써 산 하나를 넘어가고
있었습니다.

숨을 헐떡이며
사냥꾼에게 끌려가는
새끼판다들은 자꾸만 뒤를
돌아보았습니다. 금세라도
어미판다가 나타나
자신들을 구해줄 것만
같았습니다.

어미판다는 이 산 저 산을 오가며 여러 날 동안
새끼들을 찾았지만 찾을 수 없었습니다.

어미판다의 뺨 위로

눈물만 흘러내렸습니다.

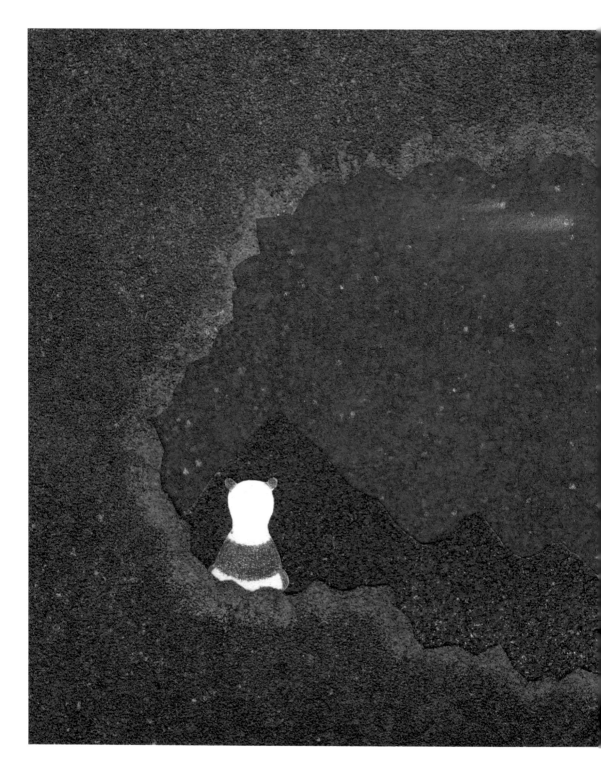

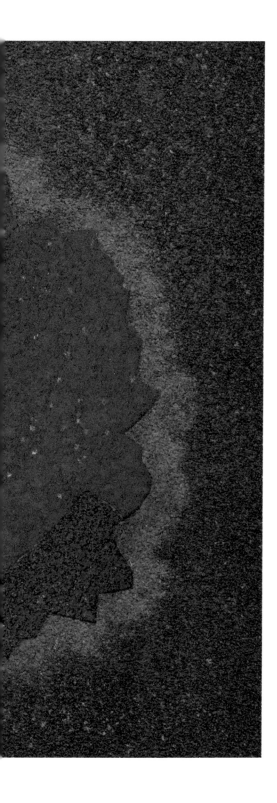

어미판다는 한밤이 되어도 잠들 수
없었습니다. 금세라도 새끼들이
돌아올 것만 같았습니다.

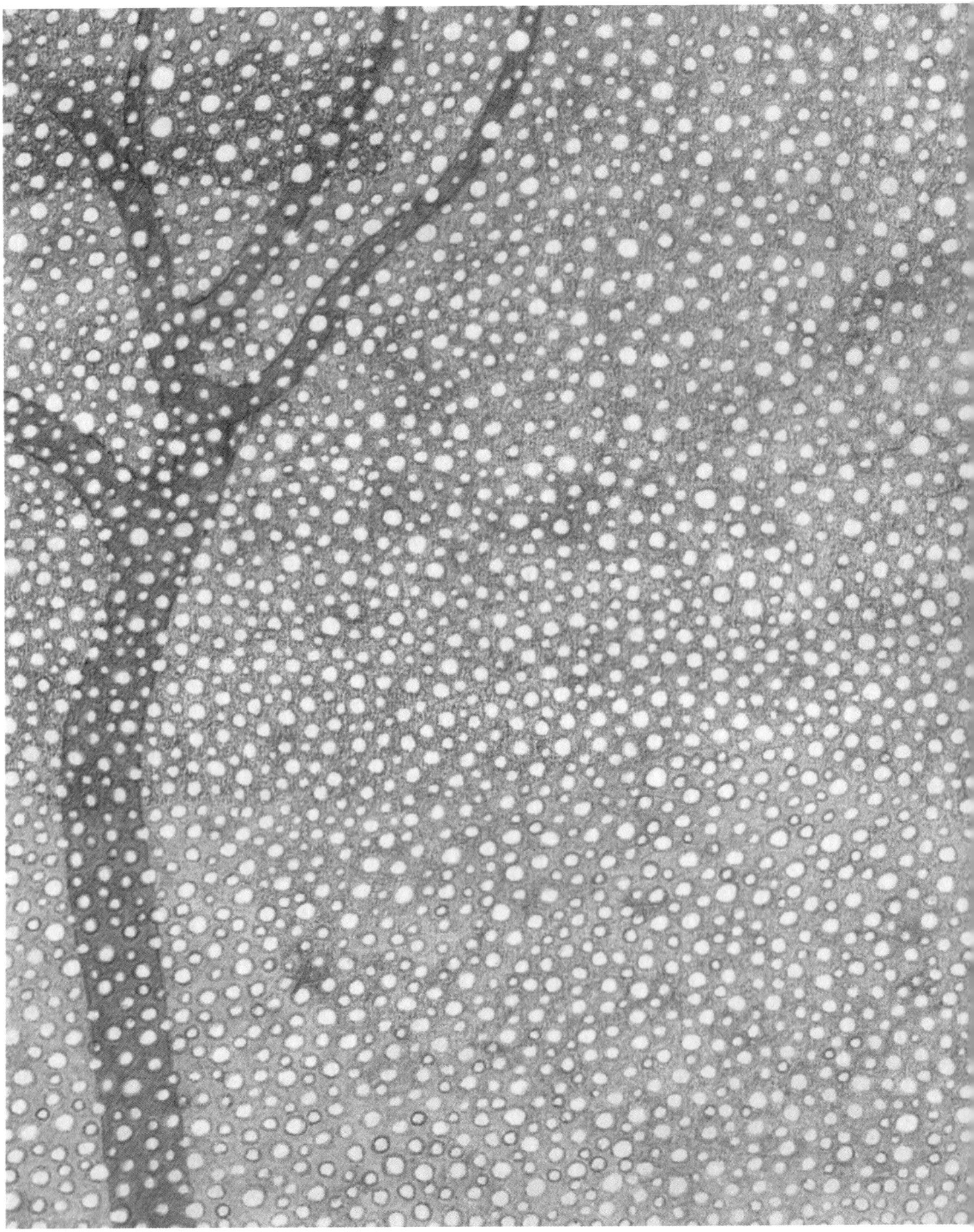

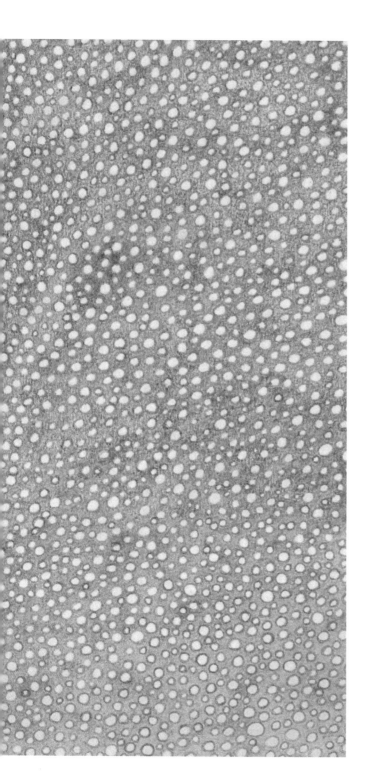

숲속엔 아무 일도 없었다는
듯 평화롭게 눈이 내리고
있습니다. 숲속엔 정말 아무
일도 없었나요?

아닙니다. 숲속엔 사랑하는
새끼들을 하루아침에
잃어버린 어미판다가 살고
있습니다.

어린 새끼들을 잃은 후 어미판다는 눈만 내리면 나무 위로
올라갔습니다. 눈길을 걸을 때 눈 위에 찍히는 자신의 발자국을 볼
때마다 어미판다는 마음이 몹시 아팠기 때문입니다. 자신이 눈 위에
찍어놓은 발자국 때문에 어린 새끼들이 사냥꾼에게 잡혀 갔다고
생각하면 어미판다의 가슴이 무너져 내렸습니다.

어미판다는 눈 위에 찍힌 자신의 발자국을 볼 때마다 눈물이
나와 걸음을 걸을 수조차 없었습니다. 눈 내리는 날 나무 위로
올라가면 아무것도 먹을 수 없었지만 눈 위에 찍히는 자신의
발자국을 보지 않을 수 있었기 때문에 어미판다는 아무리 배고파도
마음은 편했습니다. 일주일이나 열흘 동안 숲 속에 눈이 내리면
일주일이나 열흘 동안 아무것도 먹을 수 없다 해도 배고픔은 참을
수 있었습니다.

어미판다가 눈만 내리면 나무 위로
올라갔던 분명한 이유가 있었네요.
어미판다는 눈이 그쳐도 곧바로 나무에서
내려오지 않았습니다. 쨍쨍한 햇볕에 눈이
녹아 군데군데 땅이 보이면 어미판다는
기진맥진하여 나무를 내려왔습니다.

눈을 맞으며 여러 날 동안 아무것도 먹지 못한
어미판다는 기진맥진하여 나무를 내려오다가
나무에서 떨어지기도 했습니다.

나무에서 떨어진 어미판다의 몸에
온통 멍이 들었습니다.

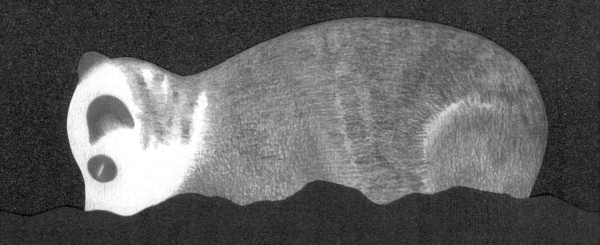

어미판다를 조롱했던 강아지가 곁눈질을 하며
슬금슬금 어미판다 옆을 지나가고 있습니다.

나무에서 떨어져 어미판다의 등 뒤로 피가 흘러내려도

그 누구도 다가와 어미판다를 위로해주지 않았습니다.

어느 날 저녁,
사막여우가 경쾌한 발걸음으로
숲을 거닐고 있습니다.
사막여우는 어디로 가는
걸까요?

어미판다를 조롱했던 사막여우와 파란토끼와 붉은늑대가
한곳에 모여 수군거리며 어미판다를 험담하고 있습니다.

코뿔소와 병아리도 시큰둥한 표정을 지으며
어미판다의 뒷모습을 바라보고 있습니다.

고슴도치는 다른 친구들과 달랐습니다.

고슴도치가 어미판다를 바라보며 작은 목소리로 말했습니다.

"판다야, 마음이 많이 아프겠지만 힘 내!"

고슴도치의 말에 어미판다는 말없이 고개만 끄덕였습니다.

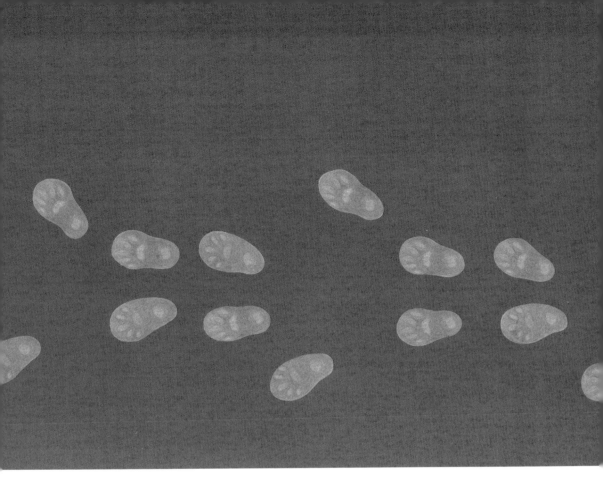

어미판다의 발걸음이 불안하기만 합니다.
기력이 쇠진한 어미판다는
한 걸음을 걷고 나서 한참을 쉬었고,
다시 한 걸음을 걷고 나서 한참을 쉬어야 했습니다.

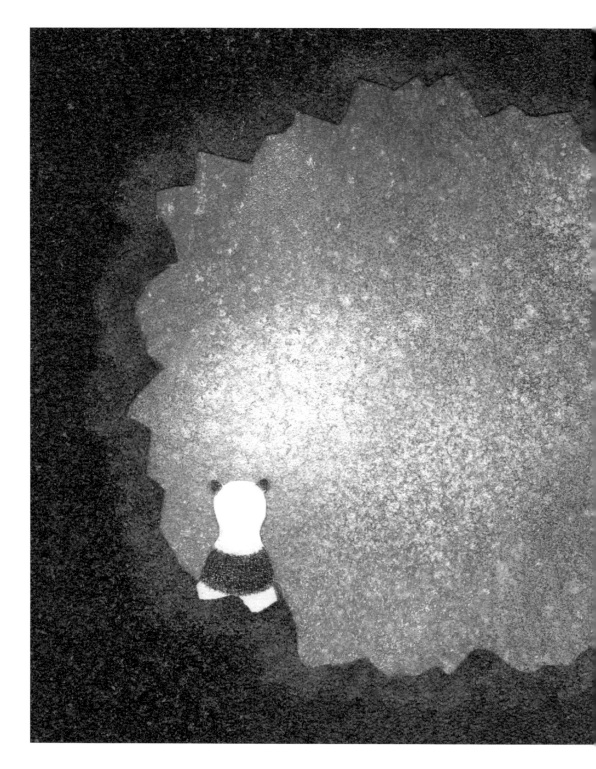

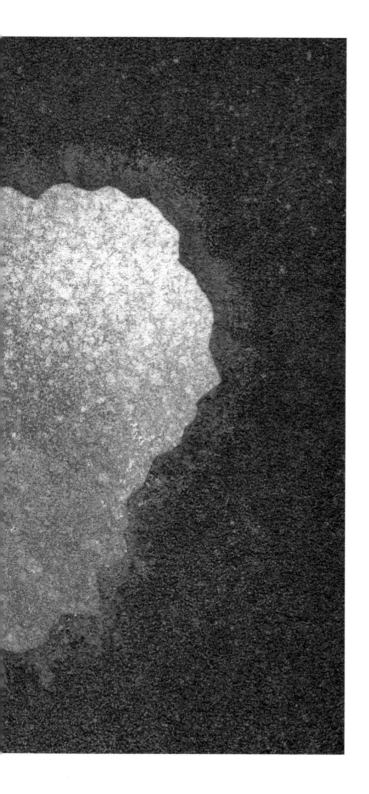

한낮에 어미판다가

고래바위 동굴 앞에 앉아

울고 있습니다.

저녁 무렵이 되어도
어미판다는 울음을 그칠 수
없었습니다.

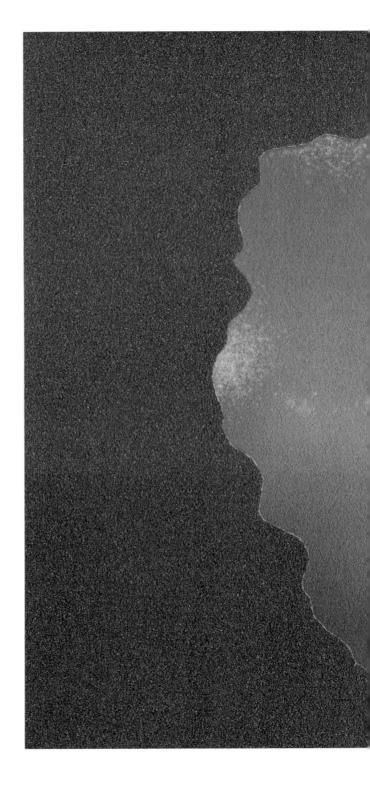

저 멀리 보이는 구상나무를
바라볼 때마다 그 나무 아래서
어린 새끼들과 함께 놀았던
추억이 떠올라 어미판다는
가슴이 아팠습니다.

어미판다는 한밤중이 되어도 울음을 그칠 수 없었습니다.

어미판다에겐 밤하늘도 예전의
밤하늘이 아니었습니다.
밤하늘을 바라볼 때마다 밤하늘
가득 어린 새끼들의 얼굴이
어른거렸습니다.

밤하늘을 바라보는 어미판다의 뺨 위로 눈물이 흘러내립니다.

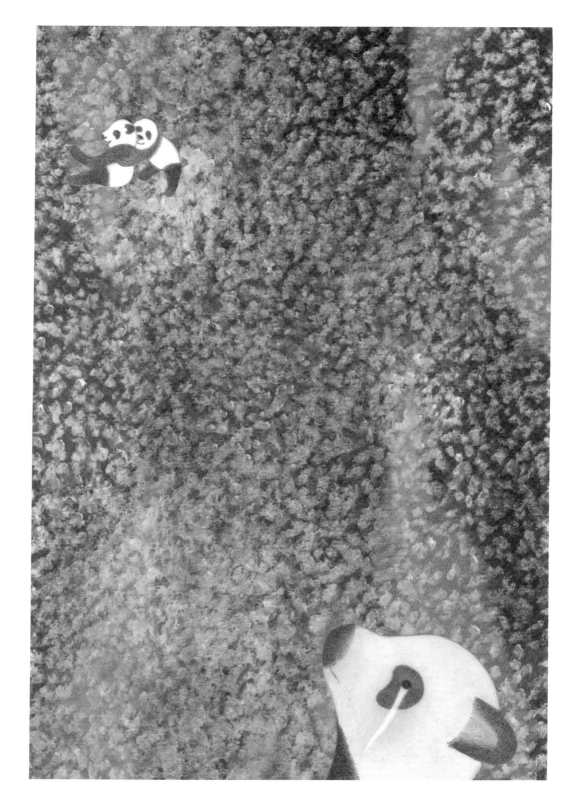

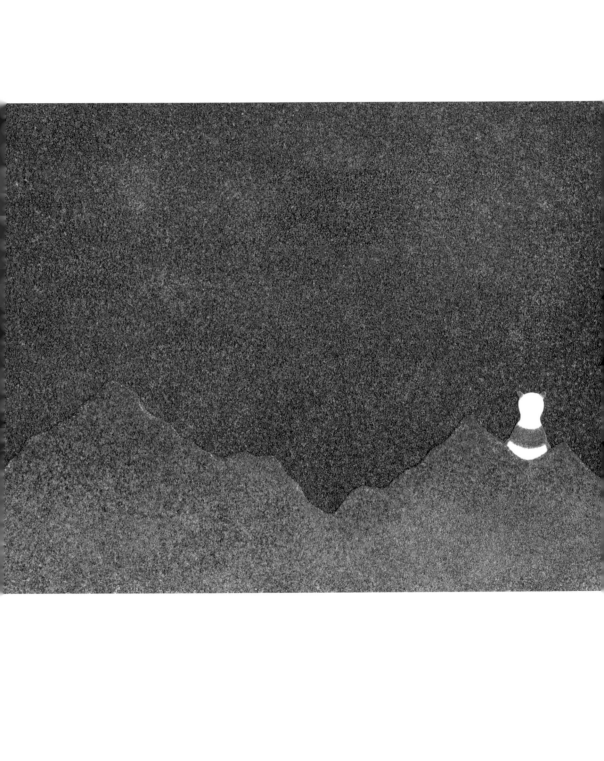

어미판다는 어떻게든 슬픔을 이겨내고
살아보려고 애썼습니다.

눈이 내려도 더 이상 나무에 올라가지 않겠다고
어미판다는 몇 번을 다짐하기도 했습니다.

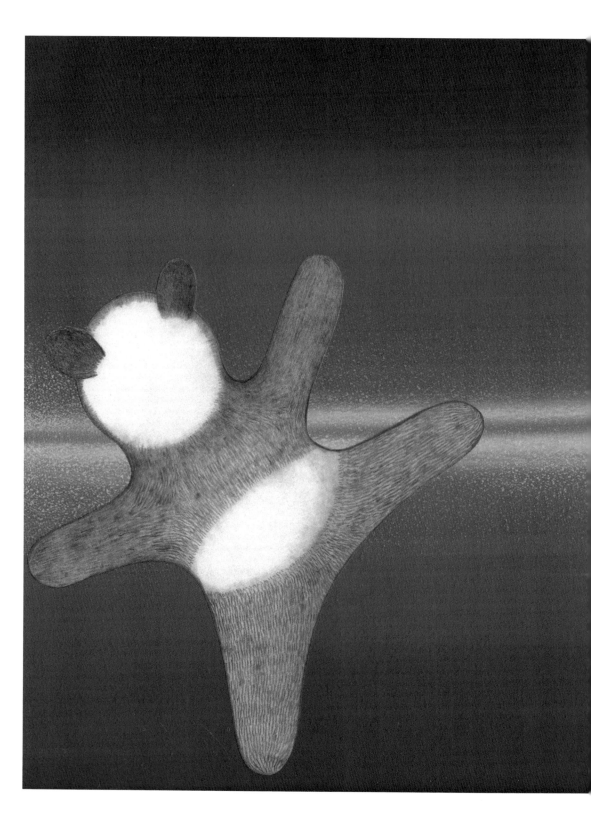

어미판다는 새끼판다들과 함께
춤을 추며 놀았던 '춤추는 나무'가
있는 곳으로 가 춤을 추기도
했습니다.

춤추는 어미판다의 눈에 눈물이
가득했습니다.

길을 지나던 고슴도치가 어미판다를 향해 말했습니다.

"판다야, 앞으로는 눈이 내려도 나무 위에 올라가지 마.

나무에 올라가 여러 날 동안 아무것도 먹지 못하면 너만

손해잖아. 네가 걱정돼서 그래."

"……."

고슴도치의 말에 어미판다는 아무 말도 할 수 없었습니다.

고슴도치는 그렇게 말하고는 서둘러 집을 향해

걸어갔습니다.

고슴도치는 어미판다의 슬픔 속으로 더 가까이는 들어가고

싶지 않았습니다.

환한 달빛을 맞으며 고슴도치는
집으로 가고 있었습니다.
날개를 활짝 편 공작 한 마리가
종종걸음으로 고슴도치 뒤를
따랐습니다.
공작은 고슴도치가 살고 있는
집 앞까지 따라왔습니다.

150

고슴도치가 공작을 향해 말했습니다.

"내 집에 들어오고 싶다면 너의 날개를 먼저 접어야 해. 너의 큰 날개로 여길 들어올 수 있다고 생각하니?"

고슴도치가 묻는 말에 공작은 아무 말도 하지 않았습니다.

고슴도치가 공작에게 다시 물었습니다.

"근데 너는 왜 툭하면 날개를 펴니? 얌전하게 날개를 접고만 있으면 사냥꾼들에게 잡혀가지도 않을 텐데……. 사냥꾼들이 너를 잡아가는 건 너의 날개 때문이야. 너는 그걸 모르니?"

고슴도치가 다시 물었지만 공작은 여전히 아무 말 없이 고슴도치를 바라보기만 했습니다.

공작은 고슴도치의 말이 무슨 뜻인지 몰랐습니다. 고슴도치는 낮은 목소리로 혀를 끌끌 차며 혼잣말을 했습니다.

"공작 쟤는 자기가 예쁜 줄 알아. 하긴 공작 같은 애들이 어디 한 둘인가……."

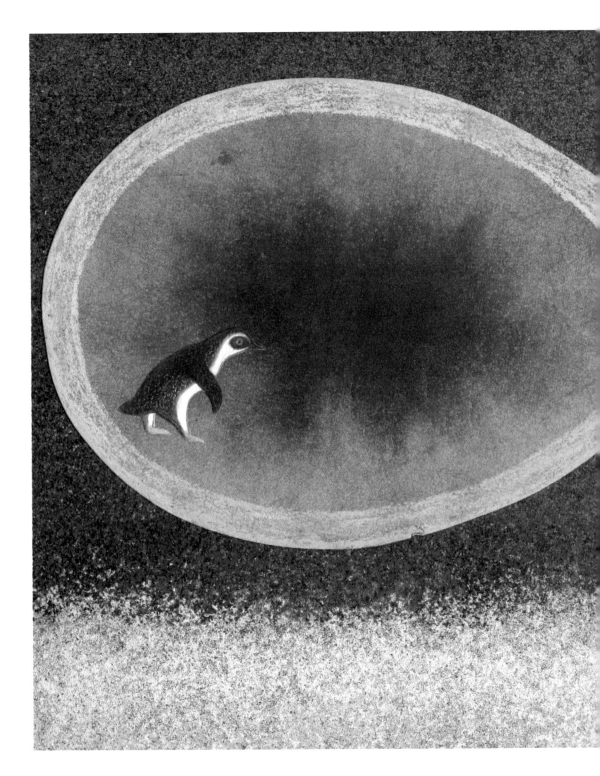

펭귄은 깊은 생각 끝에

하늘을 날 수 있는 방법을

생각해냈습니다.

주변에서 무슨 일이 일어나든
아무런 관심 없이 오직
비행 연습에만 몰두했던 펭귄이
결기에 찬 모습으로 산을
오르고 있습니다.

펭귄은 높은 벼랑 위에 섰습니다. 자신이 태어나서 처음 본 높이입니다. 잔뜩 겁을 먹은 펭귄은 궁둥이를 뒤로 쑥 빼고 벼랑 아래쪽을 조심스럽게 내려다보았습니다. 펭귄은 몹시 두려웠습니다. 그 순간 물개가 했던 말이 생각났습니다.

"너는 날개도 있으면서 왜 날지 못하니? 네가 가진 것은 날개가 아니라 지느러미구나. 그것이 날개라면 하늘을 날아 봐."

펭귄은 용기를 내어 날개를 활짝 펴고 허공을 향해
용감히 뛰어내렸습니다. 하늘을 날고 있는 펭귄의 눈빛이
경이로움으로 가득합니다.

한 번도 본 적이 없는 신비한 밤하늘이었습니다.

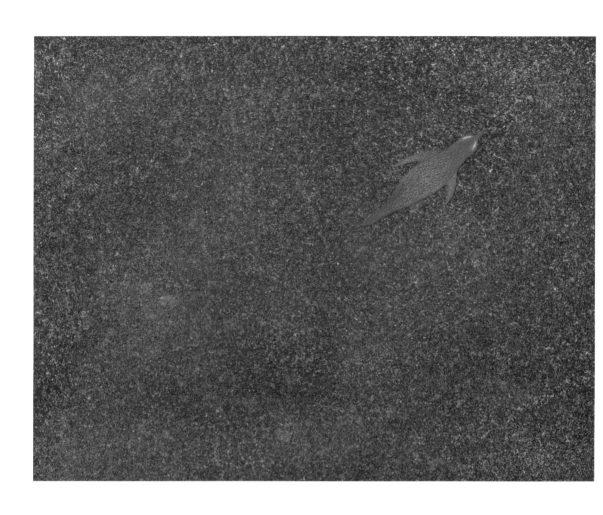

밤하늘을 날고 있는 펭귄의 모습은

영원永遠을 향해가는 돛단배 같습니다.

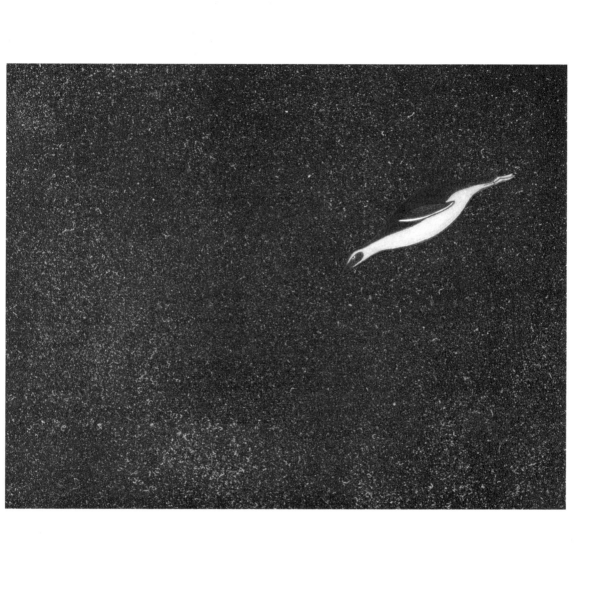

펭귄은 비행을 마치고 안개 낀 바다
위로 사뿐히 내려앉았습니다. 펭귄은
뿌듯했습니다. 하지만 자신을 지켜보던
물개가 "펭귄, 네가 한 건 '비행飛行'이 아니라
'낙하落下'야."라고 조롱할지도 모른다는
생각이 들어 마음 한쪽이 불안하기도
했습니다.

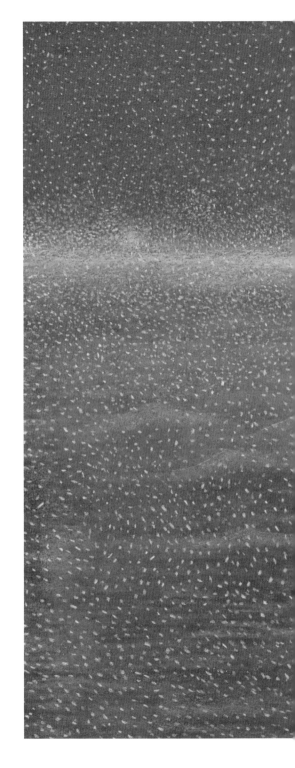

다시 계절이 지나갔습니다.

계절이 여러 번 지났지만
어미판다의 슬픔은
지워지지 않았습니다.

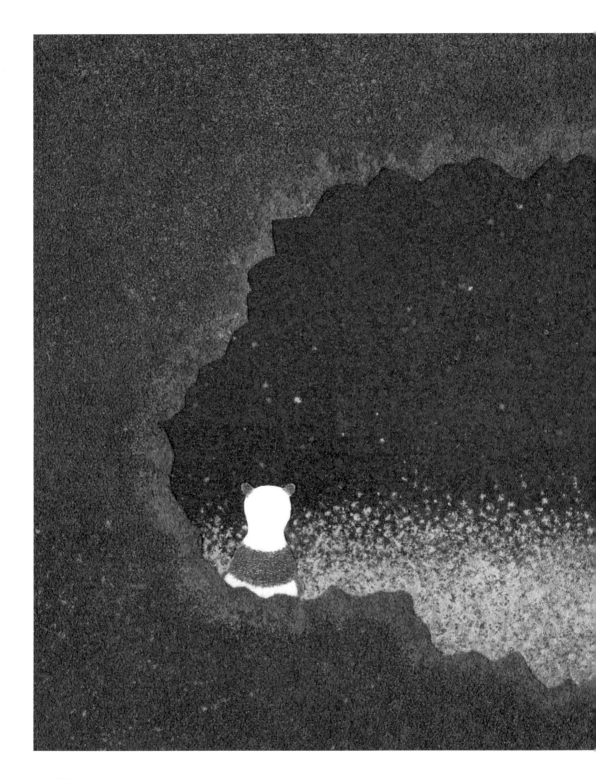

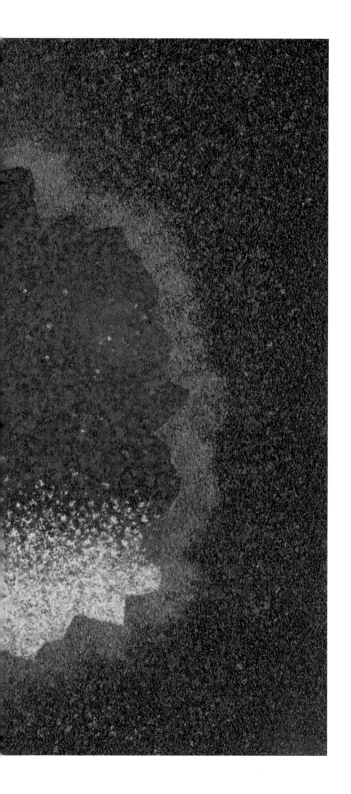

어미판다가 고래바위 동굴 앞에
앉아 유채꽃 핀 들판을 바라보고
있습니다. 어미판다 혼자
바라보는 유채꽃 들판은
이전처럼 아름답지 않았습니다.

어미판다는 소나기 내리는
산 중턱에 홀로 앉아 산 아래를
내려다보았습니다. 저 멀리
어린 새끼들이 보이는 것만
같았습니다.

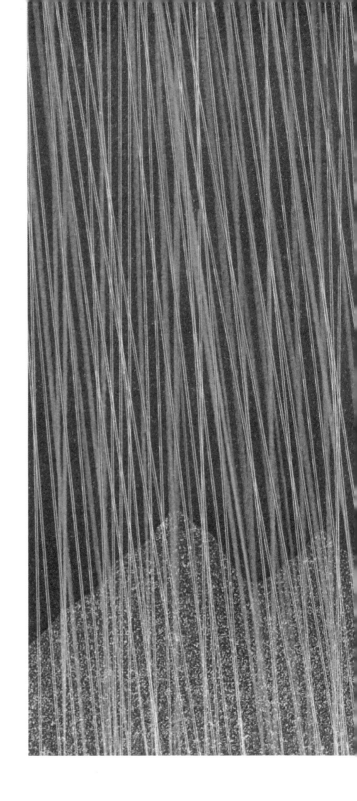

어미판다가 나무 위에 올라가 있습니다.

자꾸만 지난 일들이 생각났습니다.

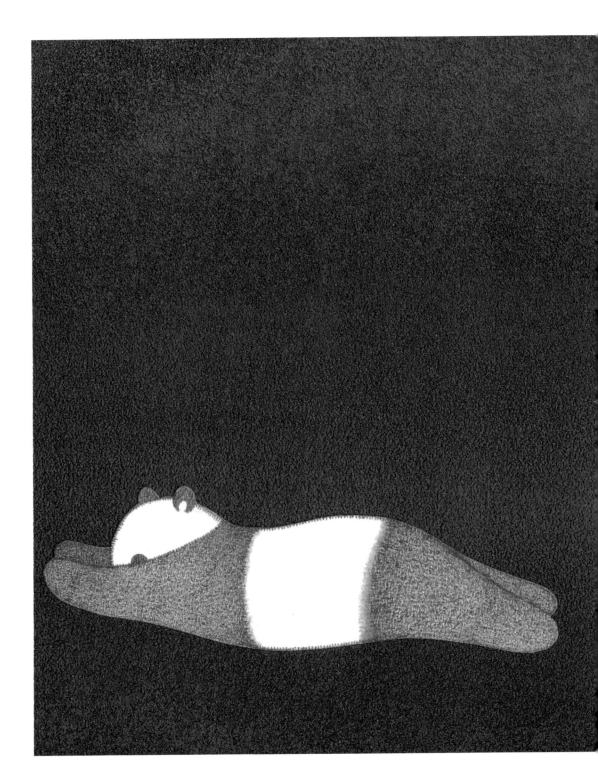

감정에 치우쳐

어린 새끼들을 혼냈던 지난 시간이

어미판다는 몹시 후회됐습니다.

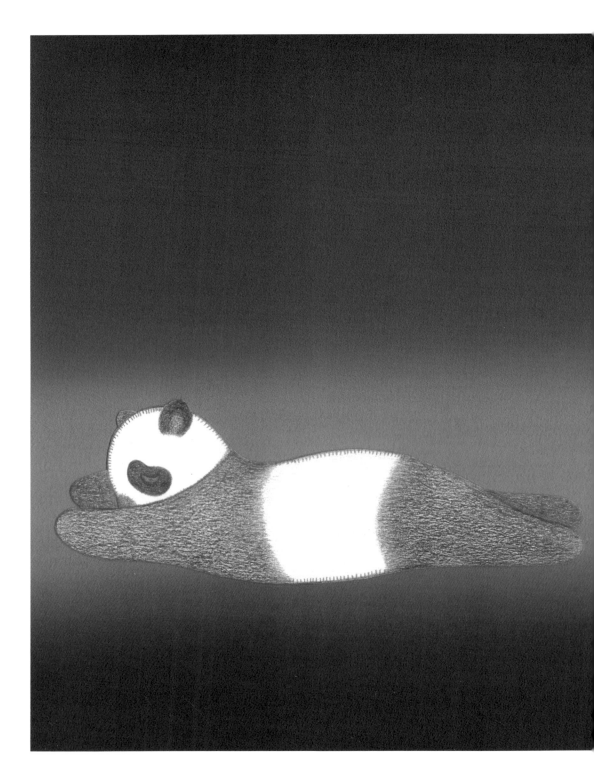

어린 새끼들과 다툴 때마다
기어코 이기려고만 했던 지난 시간이
어미판다는 몹시 후회됐습니다.

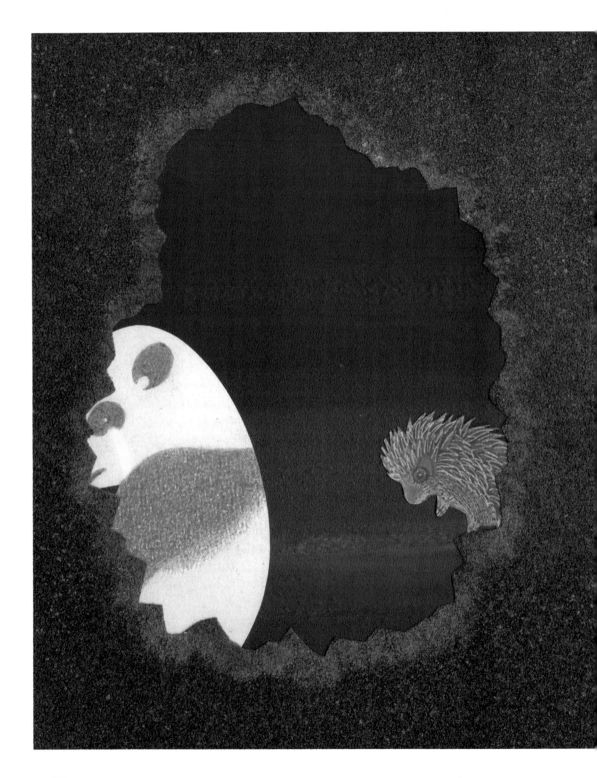

고래바위 동굴 앞을 지나가던 고슴도치가
잠시 걸음을 멈추고 어미판다에게
말했습니다.
"판다야, 울지 마……. 힘내야 해. 알았지?"
고슴도치는 그렇게 말하고는 빠른 걸음으로
집을 향해 걸어갔습니다.

어미판다를 조롱했던 강아지가
어미판다를 향해 말했습니다.
"아직도 우냐? 시간이 많이 지났으니
이제 그만 슬퍼할 때도 되지 않았냐?
언제까지 울 건대?"
어미판다는 강아지를 잠시 노려봤을 뿐
아무런 대꾸도 하지 않았습니다.

어미판다가 있는 곳으로 병아리가 살금살금
다가왔습니다. 병아리는 조롱하듯 어미판다에게
말했습니다.
"눈도 내리지 않는데 어째서 나무 주위를
기웃거리니? 눈 내리면 올라갈 나무를 고르고 있는
중이구나. 언제까지 그럴 거니? 이제 그만 정신
차려라. 쯧쯧쯧……."
병아리를 잠시 노려보았을 뿐 어미판다는 아무런
대꾸도 하지 않았습니다.

주변에서 비아냥거리는 친구들 때문에
어미판다의 마음은 점점 더 혼란스러웠습니다.

비행에 성공한 펭귄은 자신만만한
표정으로 어미판다를 힐긋
바라보고는 이전처럼 날개를
파닥거리며 어딘가를 향해 바쁘게
걸어갔습니다.

찬바람이 나무를 흔들었고,
어미판다의 마음속에도 찬바람이 불었습니다.

어미판다를 조롱했던 사막여우가

아주 먼 곳에서 냉소적인 눈빛으로

어미판다를 바라보고 있습니다.

어미판다를 조롱했던 강아지는
사막여우보다 더 멀리 떨어진 곳에서
어미판다를 무심히 바라보고 있습니다.

어미판다는 간절한 마음으로 두 손을 모으기도 했습니다.

한밤중에 어미판다는 주변에서 가장 키가 큰 나무 위로 올랐습니다.
나무 위에 올라서면 저 멀리 바다 건너편에 있는 아득한 불빛이
보였습니다. 불빛이 있는 그 마을 어딘가에 있을지도 모를 어린 새끼들을
생각하면 어미판다의 마음은 찢어질 듯 아팠습니다.

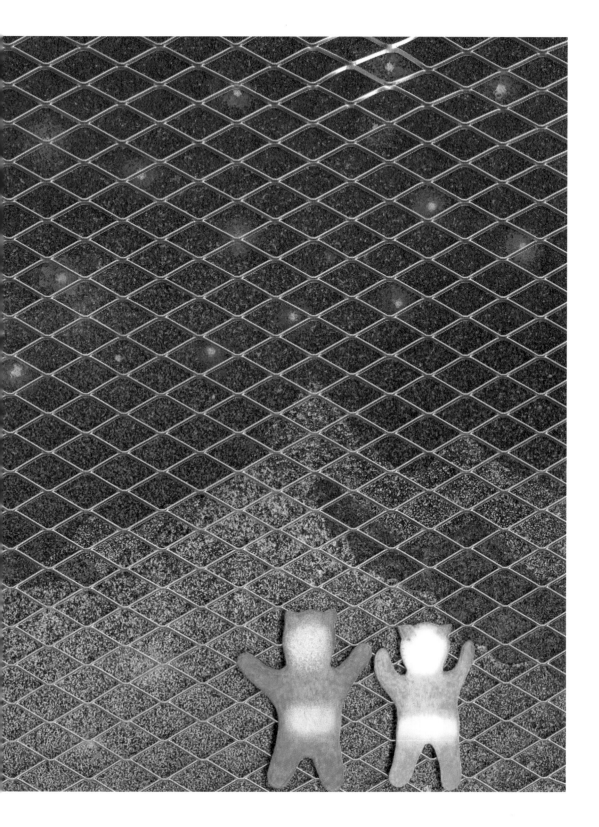

저녁 무렵부터 눈이 내리기
시작했습니다.

한밤이 되자 눈은 폭설로 변했습니다. 높은 곳에서 눈을 맞고
있는 고래바위 동굴이 조그맣게 보입니다. 어미판다는 동굴로
들어가면 눈도 피할 수 있고 차가운 바람도 피할 수 있었습니다.
하지만 잃어버린 새끼들이 생각나 그곳으로 돌아갈 수 없었습니다.
고래바위 동굴 속에 앉아 있으면 자꾸만 새끼들의 울음소리가
들리는 것 같아 어미판다는 견딜 수 없었습니다. 며칠 동안 눈이
내려 며칠 동안 아무것도 먹을 수 없다 해도 나무 위에 올라가 있는
것이 어미판다는 차라리 마음 편했습니다.

숲속 나무 위에 올라가 눈을 맞고 있는 어미판다의 모습이 조그맣게
보입니다. 고래바위 동굴과 어미판다가 있는 곳이 그리 멀지
않습니다. 어미판다는 마음이 아파 차마 고래바위 동굴로 들어갈
수도 없었지만 고래바위 동굴이 보이지 않는 곳에서 살아갈 수도
없었습니다. 고래바위 동굴은 어린 새끼들과의 추억이 남아 있는
곳이었기 때문입니다.

눈발은 점점
잦아들었습니다.

어미판다가 키 큰 나무 위에 올라가 눈을 맞으며 바다 건너편에
있는 불빛을 애타게 바라보고 있습니다. 저 멀리 바다 건너편의
불빛이 어린 새끼들의 눈물처럼 어른거렸습니다.

어미판다는 스스로 몸을 가누지도
못할 만큼 기진맥진했습니다.

또다시 눈이 내리기 시작했습니다. 눈은 열흘이 넘도록 쉬지 않고
내렸습니다. 어미판다가 나무 위에 엎드린 채 눈을 맞고 있습니다.
어미판다는 산이 보이는 쪽을 향해 힘겹게 고개를 돌렸습니다.
어미판다는 마음이 아파 바다 건너 쪽을 더 이상 바라볼 수
없었습니다

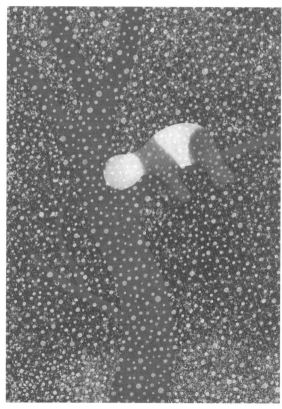

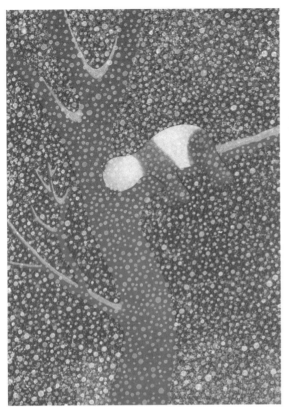

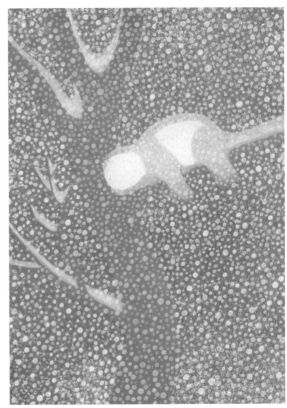

어미판다는 꼼짝을 못했습니다. 이따금씩 털어냈던 등 위에 쌓인 눈도 더 이상 털어낼 수 없었습니다. 어미판다의 몸 위로 수북이 눈이 쌓이고 있었지만 기진맥진한 어미판다는 움직일 수 없었습니다.

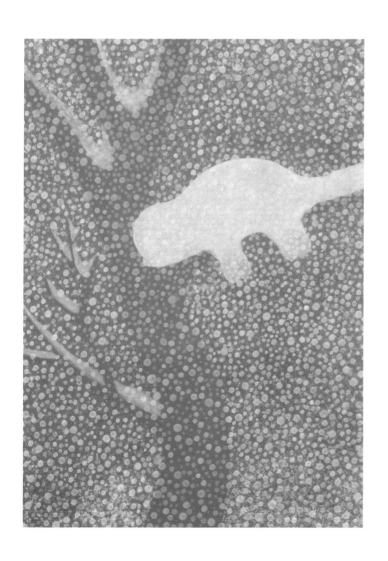

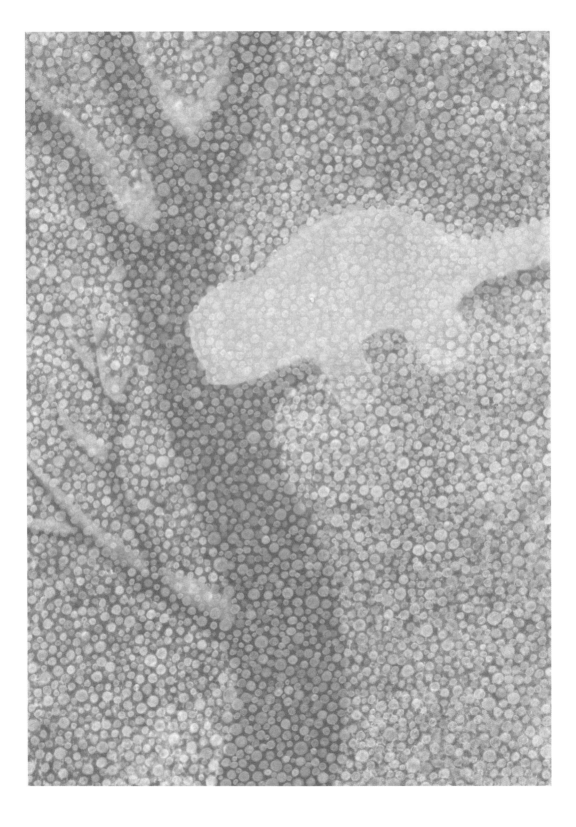

어미판다는 죽고 말았습니다.

얼마나 춥고 외롭고 배가 고팠을까요. 누군가 다가와 어미판다의
아픈 마음을 위로해주었다면 어미판다는 그렇게 죽지 않았을
것입니다. 누군가 다가와 어미판다의 마음 아픈 이야기를
들어주기만 했어도 어미판다는 그렇게 죽지 않았을 것입니다.

그 후로 고래바위 동굴엔 아무도

살지 않았습니다.

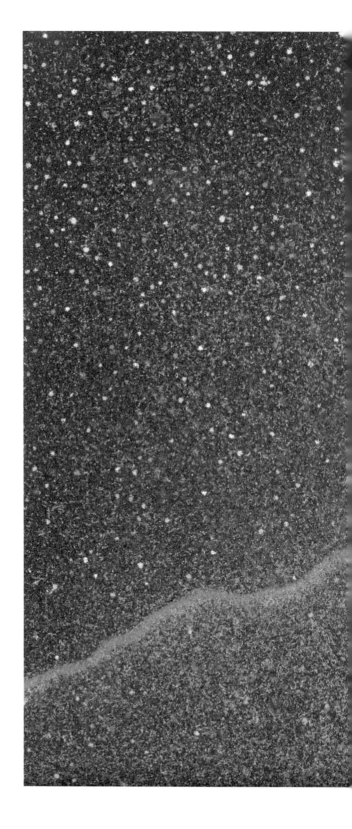

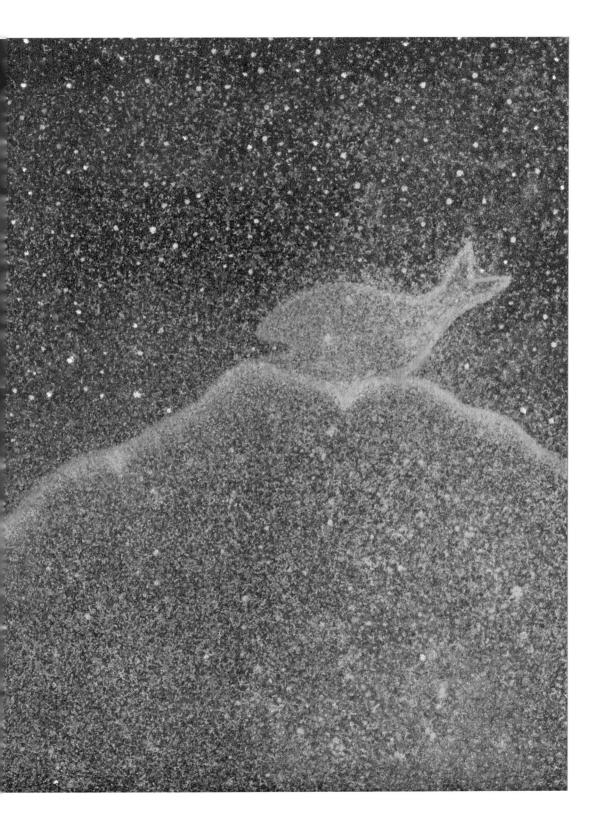

어느 날 고래바위 동굴을 기웃거리며 고슴도치가 혼잣말을
했습니다.

"참 이상하다. 요즘은 왜 어미판다가 안 보이지…….

어미판다는 어디로 갔을까?"

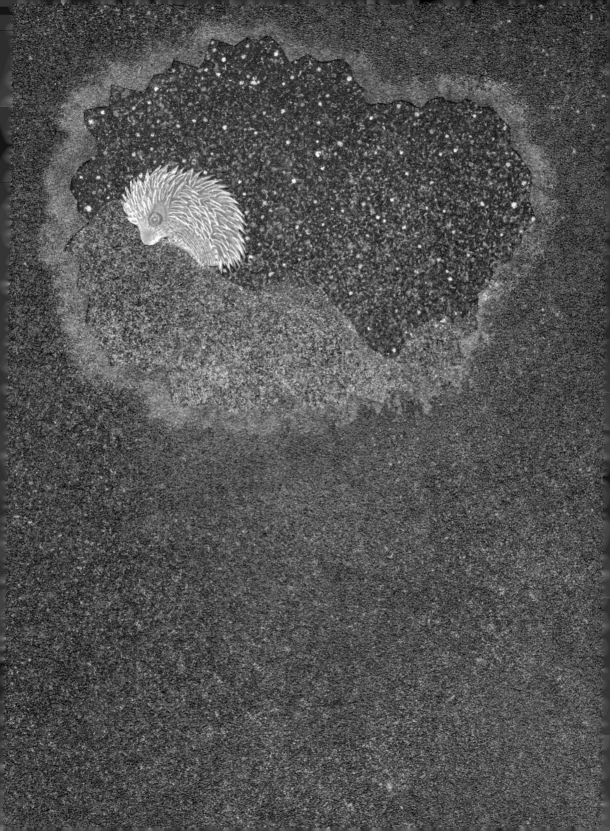

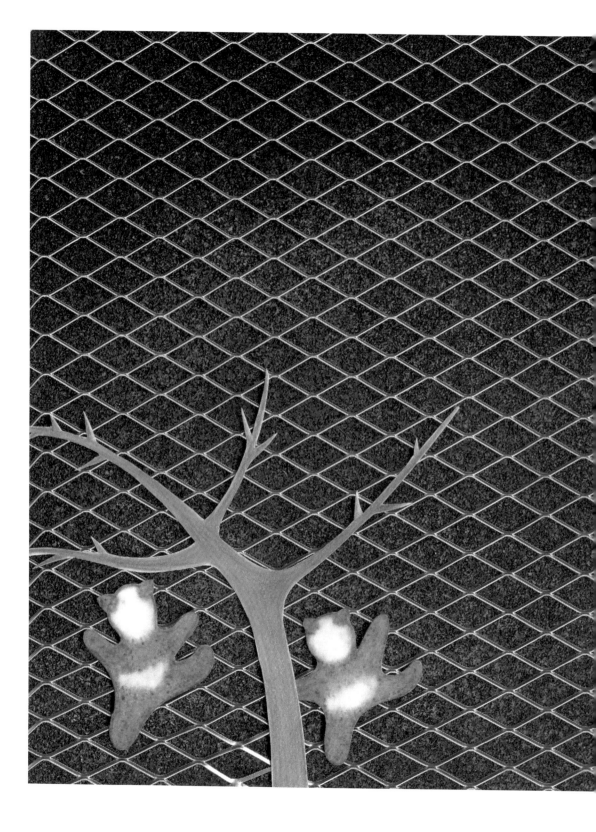

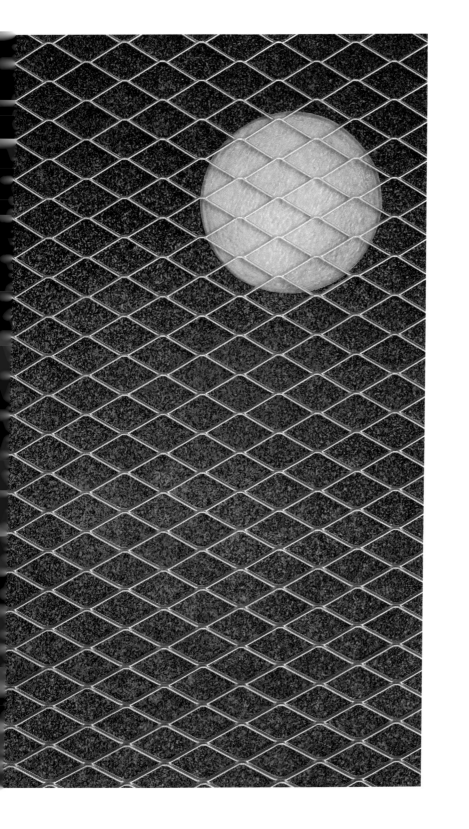

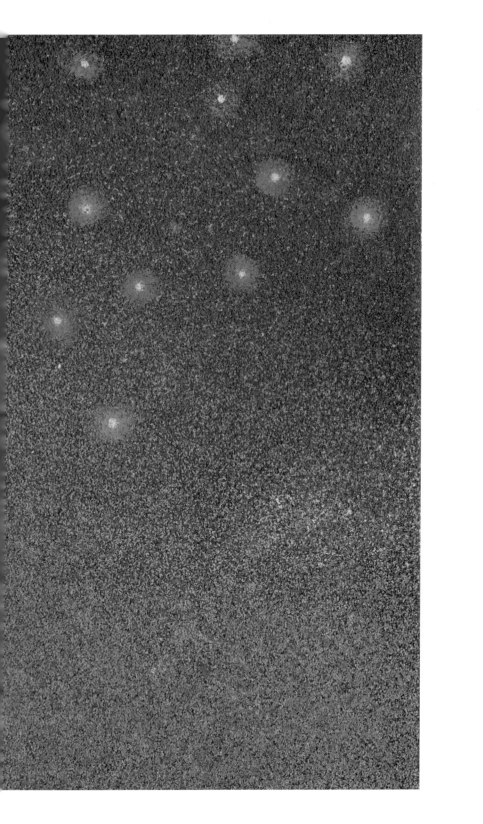

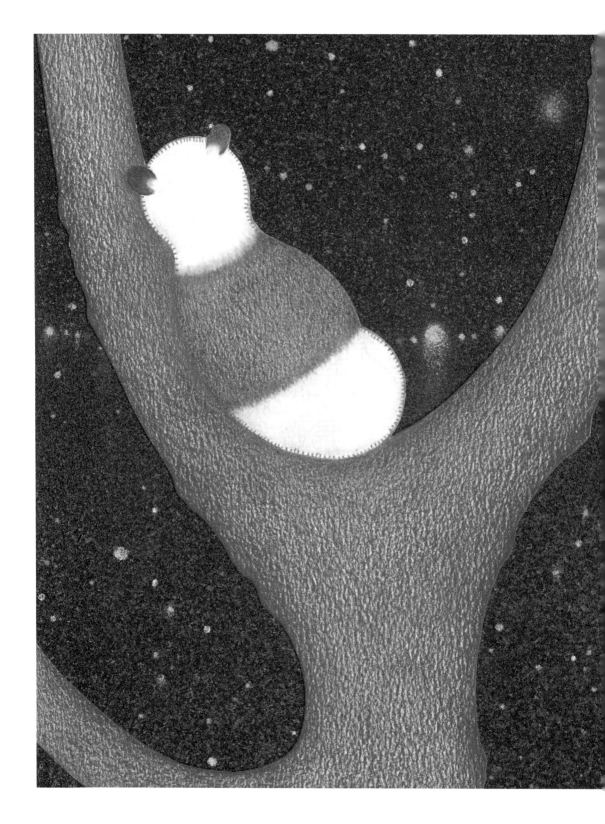

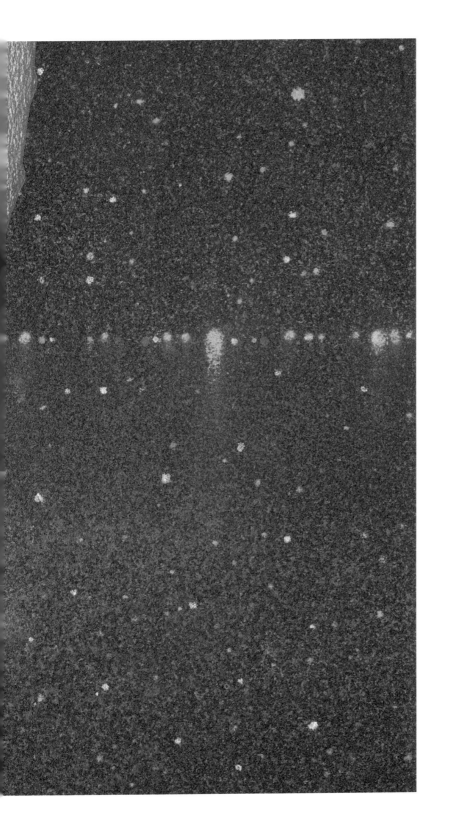

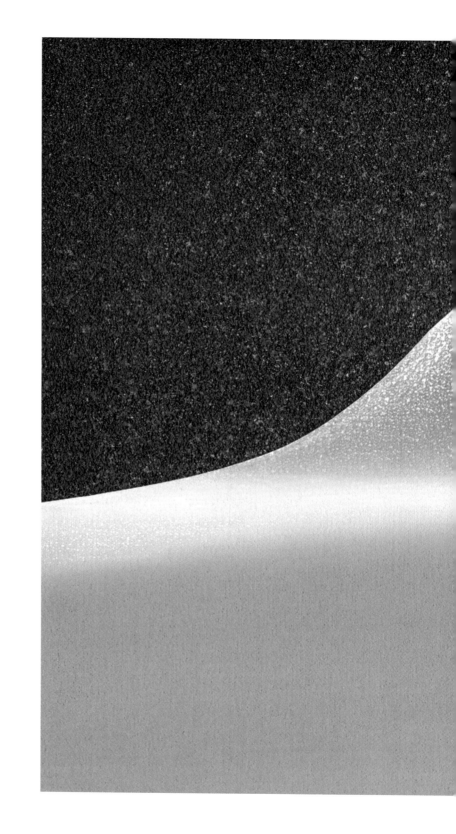

제가 만났던 '판다가족'의 이야기는 여기서 끝났습니다. 어미판다는 왜 죽었을까요? 저는 어미판다가 스스로 목숨을 끊었다고 생각하지 않습니다. 어떻게든 살아보려고 애썼던 어미판다는 절망과 외로움과 배고픔과 추위 때문에 죽은 것입니다. 무엇보다도 어미판다는 주변의 무관심 때문에 죽은 것입니다.

지금까지 보여드린 판다가족의 우화寓話는 이후로 전개될 '마음으로 바라보는 법 여덟 가지 이야기'와 밀접하게 연관되어 있습니다. 판다가족의 이야기는 단지 판다가족만의 이야기가 아닙니다. 판다가족의 이야기는 사납고 복잡한 세상을 살아가고 있는 바로 우리의 이야기입니다.

나무 위에서 쓸쓸히 죽어간 어미판다가 어쩌면 우리의 자화상인지도 모릅니다. 어미판다의 사정도 모르면서 먼발치에 서서 어미판다를 조롱하기만 했던 숲속 친구들의 모습이 어쩌면 우리의 자화상인지도 모릅니다. 펭귄의 날개를 함부로 폄하했던 물개의 모습이 우리의 자화상인지도 모릅니다. 주변의 아픔에 아랑곳하지 않고 오직 자신의 자존심을 지키기 위해서만, 그리고 자신의 가능성 확장을 위해서만 노력했던 펭귄의 모습이 어쩌면 우리의 자화상인지도 모릅니다. 악랄한 사냥꾼에게 잡혀간 어린판다가 어쩌면 우리의 자화상인지도 모릅니다. 뜨겁지도 차갑지도 않은 가슴을 가진 고슴도치의 모습이 어쩌면 우리의 자화상인지도 모릅니다.

우리는 지금 이토록 사납고 복잡한 세상을 살아가고 있습니다. 때로는 도무지 이해할 수 없는 세상이지만 어떻게든 우리는 세상과 소통하며 살아갈 수밖에 없습니다.

이 나무는 어미판다가 마지막 숨을 거둔 나무입니다.

사납고 복잡한 세상을 어떻게 살아야 하느냐고
묻고 있는 우리에게 어미판다가 말합니다.
'눈'이 아니라 '마음'으로 바라보라고 말입니다.

눈으로 바라본다는 것은 무엇이고, 마음으로 바라본다는 것은 무엇일까요? 이렇게 예를 들어도 좋겠습니다. 엄마의 얼굴이 선명하게 보일 때는 언제일까요? 엄마와 마주 앉아 이야기를 나눌 때일까요? 아닐지도 모릅니다. 엄마 앞에서는 엄마 얼굴이 선명하게 보이지 않을 수도 있습니다. 우리는 일상적이고 당연한 것들을 유심히 바라보지 않기 때문입니다.

그렇다면 엄마의 얼굴이 선명하게 보일 때는 언제일까요? 엄마와 아주 멀리, 아주 오랫동안 떨어져 있을 때 문득 엄마가 보고 싶다면 엄마의 얼굴은 선명하게 보일 것입니다. 엄마 얼굴을 다시 보고 싶어도 영원히 다시 볼 수 없을 때 엄마의 얼굴은 가장 선명하게 보일지도 모릅니다. 눈으로 볼 수 있다는 것은 축복이지만 눈으로 볼 수 있기 때문에 볼 수 없는 것들이 있다는 것은 얼마나 큰 아이러니입니까. 엄마의 얼굴처럼, 눈이 아니라 마음으로 바라볼 때 비로소 선명하게 보이는 것들이 있습니다.

이 책의 앞에서 말씀드린 것처럼 '마음으로 바라보는 법 여덟 가지 이야기'를 정리했습니다. 이것은 누구에게 가르침이나 깨달음을 주기 위해서 정리한 것이 아닙니다. 삶에서 소중한 것들을 번번이 놓치는 제가 어떻게 하면 그런 실수를 거듭하지 않을까 오랜 시간 성찰하며 하나씩 하나씩 정리한 것입니다. 무엇보다도 '마음의 힘'을 가지고 당당하게 살아가고 싶어 세심히 공부하고 경험하며 정리한 것입니다.

저는 '마음으로 바라보는 법'에 대한 심리적 결함을 가지고 있습니다. 그러니 지금부터 제가 드리는 모든 말씀은 저 자신에게도 들려주고 싶은 이야기라고 말할 수도 있겠습니다. 제가 정리한 것들이 독자 분들께도 도움이 될 수 있기를 바랄 뿐입니다. 지금부터 말씀드릴 '마음으로 바라보는 법 여덟 가지 이야기'를 읽으시면서 '판다가족' 이야기를 떠올리시면 좋겠습니다. 앞에서도 말씀드린 것처럼 지금부터 읽으실 '마음으로 바라보는 법 여덟 가지 이야기'는 '판다가족'이야기와 내밀하게 손을 잡고 있을 것입니다.

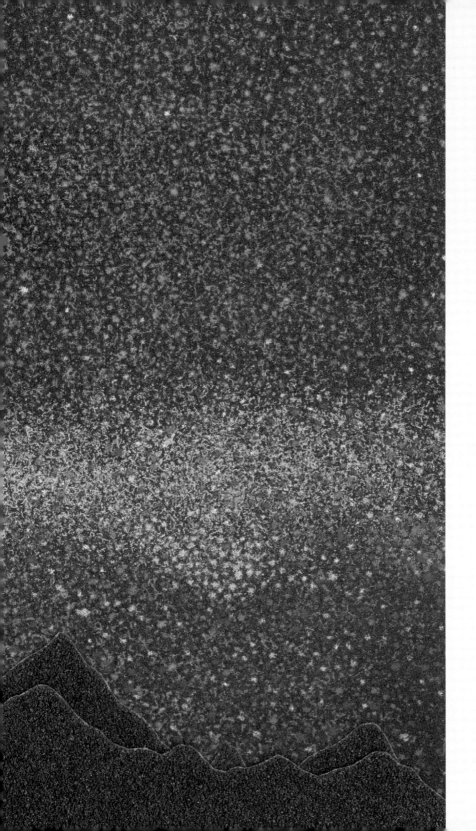

마음으로 바라보는 법 ● 1

마음으로 바라본다는 것은
내 생각이 틀릴 수도 있다고 생각해보는 것입니다.

내 생각에 대한 지나친 확신은 나를 위험에 빠뜨릴 수 있습니다. 때로는 내 '생각의 틀'을 부수어야 새로운 세계가 열립니다. 저의 저작 『연탄길』이 출판사로부터 다섯 번이나 거절당했던 이유가 있습니다. 제 원고에 대한 지나친 확신 때문이었습니다. 제가 쓴 원고가 최고라고 확신했고, 원고를 보냈으니 출판사로부터 금세라도 출간을 제의하는 전화 연락이 올 거라고 생각했습니다. 다섯 번이나 번번이 거절당했을 때 저는 저의 생각이 틀렸다는 것을 알게 되었습니다. 그 후로 제 원고에 대한 의심과 질문을 거듭하며 원고는 더욱 좋아졌고 마침내 책으로 출간되어 430만 독자의 사랑을 받게 되었습니다.

이런 일도 있었습니다. 지하철에 있는 어느 화장실에서 있었던 일입니다. 화장실을 들어서는 순간 화장실 풍경이 몹시 낯설었습니다. 잠시 동안 어리둥절했습니다. 바로 그 순간, 여자 화장실로 잘못 들어왔다는 생각이 들었습니다. 남자들만 사용하는 소변기가 하나도 보이지 않았기 때문입니다. 깜짝 놀라 화장실을 성급히 빠져나가려는데 운이 없게도 한 여성과 화장실 입구에서 정면으로 마주쳤습니다. 그 여자 분이 제게 뭐라고 했을까요? 그 여자 분은 깜짝 놀란 듯 두 눈을 아주 동그랗게 뜨고 "어머, 죄송합니다."라고 말하고는 남자 화장실로 쏙 들어가 버렸습니다. 저는 남자 화장실로 잘못 들어간 그녀를 향해 "죄송합니다. 거기 남자 화장실이에요."라고 소리치고는 도망쳐버렸습니다. 물론 저의 실수였지만 저 때문에 그 여자 분만 애꿎게 봉변을 당했으니 몹시 죄송했습니다.

제가 이 말씀을 드린 이유가 있습니다. 앞사람의 잘못된 선택은 뒷사람의 잘못된 선택으로 이어질 수 있다는 것입니다. 지금 나의 생각은 정말로 나의 생각일까요? 아닐 수도 있습니다. 방송을 통해 들은, 혹은 책을 통해 읽은 누군가의 견해를 마치 나의 생각처럼 착각하고 있는 것은 아닌지 우리는 의심해봐야 합니다. 내 생각으로 착각하고 있는 그 누군가의 견해가 잘못된 견해라면 그것은 분명 나에게 나쁜 영향을 끼칠 가능성이 높습니다. 제가 화장실에서 겪은 것처럼 앞사람의 잘못된 선택은 뒷사람의 잘못된 선택으로 이어질 가능성이 크기 때문입니다.

행동심리학의 창시자로 2002년 노벨 경제학상을 받은 심리학자 프린스턴 대학교의 대니얼 카너먼Daniel Kahneman 교수의 말에 의하면, 사람들은 자신이 만들어놓은 '생각의 틀(프레임)'을 사실이라고 믿어버리는 경우가 많아서 잘못된 의사결정을 할 때가 많다고 합니다. 우리는 실제로 우리가 사는 사회의 주류에 의해 만들어진 '생각의 틀' 속에 갇혀 있을 때가 많습니다. 앞에서도 말씀드린 것처럼 내 생각이 정말 '나의 생각'이 아니라, 사회의 주류에 의해 혹은 교육에 의해 주입되거나 강요된 생각일 수도 있습니다. '나의 생각'이라고 착각하고 있는 것들 중에 관습이나 문화나 유행에 의해 주입되거나 강요된 생각은 얼마나 많겠습니까? 그러므로 나의 생각이나 상황에 대한 가치판단을 지나치게 확신하지 말고 의심해볼 필요가 있다는 것입니다.

철학자 니체의 사상만이 오직 진리라고 확신하는 순간 철학자 노자나 장자의 사상을 받아들일 마음의 여백은 없어질 것입니다. 오직 니체의 사상만을 지나치게 확신하는 사람은 노자나 장자의 철학 속에 담겨 있는 인문학적 통찰 놓쳐버릴 수 있다는 것입니다.

'내 생각이 틀릴 수도 있다'는 당당한 고백만으로 우리는 이전에 보지 못했던 세계를 볼 수도 있습니다. '내 생각이 틀릴 수도 있다'는 고백만으로 우리는 악마가 파놓은 함정을 피해갈 수도 있습니다. 망하는 대부분의 사람들은 내 생각에 대한 지나친 확신 때문에 망합니다. 주관에 함몰된 자는 객관의 보편성을 놓칩니다.

세상이 가장 원하는 사람은 자신이 틀렸을 때 틀렸다고 용기 있게 말할 수 있는 사람이라고 책에서 읽은 적이 있습니다. "내 생각이 틀렸어." 라고 용기 있게 고백할 수 있는 사람은 다른 사람과 힘을 합해 더 나은 가치를 만들어 낼 수 있기 때문이라고 합니다. 공감되시는지요?

　　물론 우리의 생각이 맞을 때도 많습니다. 하지만 더 나은 답을 찾기 위해 우리는 끊임없이 우리의 생각을 의심하고 질문을 던져야겠습니다. 우리가 원하는 답은 우리의 생각과 정반대쪽에 있을지도 모릅니다. '마음의 힘'을 가진 사람은 더 나은 답을 찾기 위해 그 어떤 것도 확신하지 않습니다. '마음의 힘'을 가진 사람은 더 나은 선택을 위해 자신의 생각에 대해 끊임없이 의심하고 질문을 던집니다. 『모든 경계에는 꽃이 핀다』는 함민복 시인의 시집을 사람들이 좋아하는 분명한 이유가 있네요.

마음으로 바라보는 법 • 2

마음으로 바라본다는 것은
잠시 나의 생각을 내려놓고 상대방의 입장이 되어보는 것입니다.

　　　　　　　　　상대방의 입장에 서서 생각해야만 비로
소 보이는 것들이 있습니다. 제게 이런 일이 있었습니다. 5월 8일 어버이
날이었습니다. 초등학교 다니는 둘째 딸아이가 엄마 아빠를 위해 정성껏
쓴 편지와 함께 어버이날 선물을 주었습니다. 그림을 그리는 아빠를 위한
작은 딸아이의 선물은 12가지 색 색연필이었습니다. 엄마를 위한 선물은
나비모양의 예쁜 머리핀이었습니다. 아이는 저에게 선물을 건네주며 "수
성 색연필을 사고 싶었는데 수성 색연필은 돈이 부족해서 못 샀어…….
아빠, 미안해."라고 말했습니다. 120가지 색연필로 그림을 그리는 아빠를
위해 아이는 12가지 색 색연필 선물을 사주었습니다. 아이의 용기가 가상
하지 않나요? 다음에는 꼭 수성 색연필을 사주겠다는 아이의 말을 듣는
순간 마음이 뭉클했습니다. 저는 그날 아이에게 받은 색연필을 고이 모셔
두고 가끔씩 만지작거리며 구경만 하고 있습니다. 아까워서 쓸 수가 없었

습니다. 조만간 작은 딸아이에게 받은 색연필로 그 아이만을 위한 예쁜 그림을 그려주려고 합니다.

　　같은 날 밤 자정이 지나 대학교 1학년인 큰 딸아이가 집에 들어왔습니다. 큰 딸아이 손엔 조그만 카네이션 화분이 들려 있었습니다. 하루 종일 들고 다녔는지 카네이션 꽃송이들은 시들대로 시들어 목이 꺾어질 지경이었습니다. 큰 딸아이는 거실 한쪽에 카네이션 화분을 내려놓더니 영혼 없는 목소리로 "엄마 아빠 축하해."라고 말하고는 자기 방으로 쏙 들어가버렸습니다. 그 순간 제 옆에 앉아 있던 아내가 큰 딸아이를 향해 "너는 어쩌면 동생만도 못하니. 어버이날 엄마 아빠를 위해 편지 한 장도 못쓰니?"라고 핀잔을 주었습니다. 똑같이 말하면 안 될 것 같아 저는 마음속으로만 "뭐 저런 게 다 있어."라고 큰 딸아이를 향해 핀잔을 주었습니다. 큰 딸아이는 작은 딸아이에 비해 용돈도 훨씬 많은데 조그만 선물 하나 사오지 않았다고 아내가 작은 목소리로 투덜거렸습니다. 제 생각도 아내와 다르지 않았던 터라 "쟤가 아직 철이 없어서 그래."라고만 아내에게 말했습니다. 카네이션 화분이라도 사왔으니 다행이라는 생각도 들었지만 축하편지는 고사하고 메모 한 줄이 없었으니 조금은 서운했습니다.

　　작업실로 돌아와 물끄러미 천장을 바라보고 누웠는데, 바로 그 순간 마음으로 바라보는 법이 떠올랐습니다. 마음으로 바라본다는 것은 잠시 나의 생각을 내려놓고 상대방의 입장이 되어보는 것이었습니다.

마음으로 바라본다는 것은 상대방의 입장이 되어보는 것이라 했으니 큰 딸아이의 나이인 저의 스무 살 시절로 돌아가 보았습니다. 저 자신을 향해 이렇게 질문했습니다. "스무 살 때 나는 철이 들었나?" 철이 들기는 커녕 저의 이십 대는 찌질함으로 가득했습니다. 지금 생각해보아도 민망한 일이 한두 개가 아닙니다. 어쩌면 스무 살은 철들 나이가 아닐지도 모릅니다. 철이 든다는 것은 '혼돈'이라는 시간의 강물을 건너야만 얻을 수 있는 것일 텐데 저는 지금도 혼돈에 혼돈을 거듭하고 있습니다. 친척집 조문 갔다가 오는 길에 제 아버지는 저에게 이렇게 말씀하셨습니다. "80세가 넘으니 이제 좀 철이 드는 것 같다." 늙으신 아버지의 말을 듣는 순간 나는 아직도 멀었구나 생각했습니다.

자녀를 둔 부모님들이 내 아이의 생각이나 행동이 도무지 이해되지 않을 때 한 가지 좋은 방법이 있습니다. 내 아이의 나이였을 때 나는 어땠는가? 질문해보는 것입니다. 내 아이의 나이로 돌아가 보면 나도 별로 다르지 않았음을 곧 알게 될 테니 내 아이를 더 많이 이해할 수 있겠네요.

누군가 나를 무시했다면, 그래서 모멸감을 느낀 적이 있다면, 나는 그를 무시했던 적이 없는지, 나는 또 다른 누군가를 무시한 적이 없는지 나 자신에게 물어봐도 좋겠습니다. 상대방의 입장은 전혀 생각하지 않고 오직 자신의 입장만을 생각하는 것은 폭력이라고 말할 수도 있겠습니다.

어버이 날 큰 딸아이를 통해 얻은 또 다른 깨달음이 있습니다. 대학교 1학년인 큰 딸아이는 작은 딸 아이보다 용돈이 훨씬 많지만 돈 쓸 곳도 훨씬 많아 어버이날 선물을 사기엔 용돈이 부족했을지도 모른다는 생각이 들었습니다. 카네이션 화분이라도 사온 게 다행이었습니다. 그날 밤 저는 불 꺼진 딸아이의 방문 아래 틈 사이로 만 원짜리 몇 장을 슬며시 넣어주었습니다. 뒤늦은 깨달음이었습니다. 다음 날 저녁 큰 딸아이는 엄마 아빠에게 줄 커플 팔찌를 사가지고 왔습니다. 큰 딸아이에게 미안한 마음이 들었습니다.

내가 원하는 것을 얻으려면 상대가 원하는 것이 무엇인지를 먼저 알아야 합니다. 상대가 원하는 것이 무엇인지 알려면 내 입장만 생각하지 말고 상대방의 입장이 되어 생각해보아야 합니다. 내 삶의 열쇠를 쥐고 있는 것은 오직 '나'라는 생각은 오만일지도 모릅니다. 내 삶의 열쇠를 쥐고 있는 것이 때로는 상대방일 수도 있기 때문입니다.

세계적인 협상 전문가 스튜어트 다이아몬드 교수의 말에 따르면 협상을 앞두고 사람들 대부분은 자신이 원하는 것을 어떻게 설명할지에 대해서만 고민하기 때문에 협상에 실패하는 경우가 많다고 합니다. 협상에서 가장 중요한 것은 상대방이 진짜로 원하는 것이 무엇인지를 먼저 알아내는 것이라고 그는 조언합니다. 내가 원하는 것을 아무리 잘 설명해도 상대방이 원하는 것을 해주지 않으면 협상은 이루어질 리 없습니다. 상대방이 진짜로 원하는 것이 무엇인지를 알아내야만, 내가 원하는 것과 상대방이 원하는 것의 중간 지점을 제시해 협상을 성공시킬 수 있다는 것입니다. 상대방이 진짜로 원하는 것이 무엇인지 알아내기 위해서는 나의 입장을 잠시 내려놓고 상대방의 입장이 되어보는 것이 중요합니다. 최고의 멧돼지 사냥꾼은 총을 잘 쏘는 사람이 아니라 멧돼지처럼 생각하는 사람이라는 말은 그냥 나온 말이 아니네요.

'마음의 힘'을 가진 사람은 주어진 상황을 오직 자신의 입장만으로 해석하지 않습니다. '마음의 힘'을 가진 사람은 주어진 상황을 상대방의 입장으로도 바라보기 때문에 어떤 일에 대한 더 좋은 결과를 얻어낼 수 있습니다. 상대방의 입장에 서서 생각한다는 것이 결코 쉬운 일은 아니지만 그것이 자신에게도 유익이 된다는 것을 그는 이미 알고 있기 때문이겠지요.

마음으로 바라보는 법 • 3

마음으로 바라본다는 것은
내 멋대로 상대방의 마음을 짐작하지 않고
그에게로 다가가 진심을 다해 묻는 것입니다.

짐작은 얼마든지 틀릴 수 있다는 것을
우리는 경험을 통해 알고 있습니다. 그럼에도 불구하고 우리는 여전히
'짐작의 오류'를 범하고 있습니다.

　사랑하는 사람들끼리 다투는 가장 흔한 이유 중 하나는 '짐작'이라고
합니다. 사실로 확인되기 전까지 짐작은 단지 짐작일 뿐인데 우리는 짐작
을 사실로 믿으려는 경향이 있습니다. 때때로 짐작은 사실로 착각되기도
합니다. 심지어는 자신이 짐작한 것에 대한 사실 여부를 확인하지도 않고,
확인할 생각도 없이, 자신의 짐작을 끝끝내 사실로 여기기도 합니다. 그러
한 이유로 짐작은 오해를 낳고 오해는 다툼이나 파탄으로 이어지기도 합
니다. 내 멋대로 상대방의 마음을 짐작하지 말고 그에게로 다가가 진심을

다해 물어보는 것은 소통의 기본입니다. 사랑은 예감일 때 아름답지만 소통은 명쾌할 때 아름답습니다.

엄마와 아빠들은 어린 자녀에게 "거짓말 하지 마. 네 얼굴에 거짓말이라고 쓰여 있거든! 네가 거짓말하면 엄마 아빠가 모를 것 같니?"라고 목울대를 세우며 말하기도 합니다. 거짓말은 정말로 얼굴에 쓰여 있나요? 거짓말은 얼굴에 쓰여 있지 않습니다. 엄마 아빠가 아이의 거짓말을 어쩌다 때려 맞췄을 뿐입니다. 엄마와 아빠가 마치 수사관이 되어 어린 아이를 유도신문하는 것입니다. 거짓말의 징후가 아이의 표정 속에 조금이라도 쓰여 있다면 그 아이는 아직 상처받기에 어린 나이라는 뜻입니다. 앞에서 말씀드린 것처럼 우리의 짐작은 때때로 맞을 때도 있습니다. 그 짐작은 우리를 지키는 직관일 수도 있습니다. 하지만 짐작을 사실이라고 믿는 것은 얼마나 위험한 것입니까? '마음의 힘'을 가진 사람은 함부로 짐작하지 않고 그에게로 다가가 진심을 다해 묻습니다.

마음으로 바라본다는 것은
하고 싶은 말을 잠시라도 내려놓고
오직 상대방의 이야기에만 귀를 기울여보는 것입니다.

저는 누군가와 이야기를 나누다 갑자기 그의 말이 들리지 않을 때가 있습니다. 제가 할 말이 생각났기 때문입니다. 누군가와 대화를 나눌 때 저의 의식과 무의식은 끊임없이 제가 할 말을 찾고 있습니다. 제가 할 말이 생각나면 그것을 잊지 않으려고 상대방의 이야기를 귓등으로 듣습니다. 저의 이야기를 말할 타이밍만 엿보고 있으니 상대방의 이야기가 제대로 들릴 리 있겠습니까? 상대방의 이야기를 제대로 듣지 않는 제가 그를 향해 무엇을 말할 수 있겠습니까?

진정한 소통을 원한다면 대화 중엔 내가 할 말만 찾지 말고 오직 상대방의 이야기에만 집중해야 합니다. 그래야만 상대방의 이야기에 온전히 참여할 수 있습니다. 상대방의 이야기에 온전히 참여할 수 있을 때 진정한 소통이 시작됩니다. 하고 싶은 말을 잠시라도 내려놓고 오직 상대방의 이야기에만 귀를 기울이는 것은 상대를 위해서도 중요하지만 나를 위해서 더욱 중요합니다. 우리는 침묵을 통해 무엇을 말해야 하는지를 배우는 것 아닐까요?

마음으로 바라보는 법 • 5

마음으로 바라본다는 것은
편견 없이 인간과 인간의 상황을 바라보고
사물을 바라보는 것입니다.

　　　　　　　　　편견의 사전적 의미는 '한쪽으로 치우친 공정하지 못한 생각'입니다. 편견이 많을수록 못마땅한 것들이 많아집니다. 못마땅한 것들이 많은데 행복해질 수 있겠습니까? 편견이 많을수록 창의력과 상상력은 줄어듭니다. 창의력은 같은 것을 다르게 바라보는 힘인데 한쪽으로 치우친 잘못된 생각을 가진 사람에게 창의력을 기대할 수 있겠습니까?

　　저의 초등학교 시절 미술대회 날이었습니다. 학교 운동장으로 소방차 한 대가 들어왔습니다. 소방차를 그리는 대회였습니다. 제 어릴 적 꿈이 화가였기 때문에 미술대회에서 상을 받고 싶었습니다. 하지만 저에겐 크레파스가 없었습니다. 가정 형편이 어려웠던 탓에 엄마에게 크레파스를 사달라고 말할 수 없었습니다. 다행히도 미술시간만 되면 친구들의 크레파스 빌려 그림을 그릴 수 있었습니다. 하지만 그날은 친구들이 크레파스를 빌려주지 않았습니다. 소방차는 빨간색으로만 그려야 하니 빨간색 크레파스를 빌릴 수 없었던 것입니다. 초등학교 저학년이니 자신의 크레파스를 뚝 잘라 주는 친구도 없었습니다. 미술대회가 다 끝나갈 무렵 빨간색 크레파스를 겨우 빌려 아무렇게나 소방차를 그려서 냈습니다.

그런데 저희 반엔 저와 똑같은 형편의 아이가 있었습니다. 그 아이도 빨간색 크레파스를 빌릴 수 없었습니다. 하지만 그 아이는 저와 달랐습니다. 그 아이는 친구로부터 빨간색 크레파스 빌리는 대신 검은색 크레파스를 빌렸습니다. 그러고는 소방차 한 대를 온통 검은색으로 칠했습니다. 불조심 포스터 그리기 대회였으니 그림 위에 글자도 몇 자 써넣어야 했습니다. 그 아이는 그림 위에 아주 큼지막하게 이렇게 썼습니다.

소방차도 불에 탄다

대박이죠! 무시무시한 불은 소방차까지 태워버릴 수 있다는 것입니다. 저 같은 사람은 소방차는 빨간색으로 그려야 한다고 생각할 때 그 아이는 "소방차는 왜 빨간색으로만 그려야 하는가?"라는 질문을 던졌던 것입니다. 소방차는 반드시 빨간색으로만 그려야 한다는 생각은 편견일지도 모릅니다.

편견을 버린다는 것은 결코 쉽지 않습니다. 편견은 대부분의 경우 지금까지 내가 살아온 경험으로 만들어졌기 때문입니다. 그러한 이유로 편견을 버린다는 것은 결코 쉬운 일이 아니지만 분명한 것은 편견 하나를 버리면 우리의 영토가 한 뼘 더 넓어진다는 것입니다.

우리는 힘겨운 삶을 살아오면서 우리의 내면에 많은 '고정관념'이나 '편견'의 성城을 만들어 놓습니다. 그 성은 아주 높고 견고해 그 누구도 우리가 만든 '고정관념'이나 '편견'의 성 안으로 들어올 수 없습니다. 문제는 우리 자신도 우리가 만들어 놓은 높고 견고한 성城 밖으로 나갈 수 없다는 것입니다. 다행스러운 것은 우리가 만들어 놓은 '고정관념'과 '편견'의 성문城門은 안으로 잠겨 있다는 것입니다. 쉽진 않겠지만 내가 용기를 내어 성문을 연다면 다른 사람도 자유롭게 들어올 수 있고 나 또한 자유롭게 나갈 수 있습니다. 때로는 내게 익숙한 생각을 버리고 낯선 생각을 받아들여야 합니다. 새로운 인식은 바로 그곳으로부터 출발하기 때문입니다.

"사람들은 이상하다. 어제와 똑같이 살면서 다른 미래를 기대한다." 아인슈타인의 말입니다. 어제의 방식으로 오늘을 살면서 오늘이 어제보다 낫기를 기대하지 말라는 뜻입니다. 어제의 '고정관념'이나 '편견'으로 오늘을 살아가면서 오늘이 어제보다 낫기를 바라는 것은 앞뒤가 맞지 않다는 것입니다. '마음의 힘'을 가진 사람은 자신이 가진 '고정관념'이나

'편견'을 경계합니다. '마음의 힘'을 가진 사람은 자신의 '고정관념'이나 '편견'을 망치로 부수고 낯설지만 새로운 세계를 향해 용감히 나아갑니다.

마음으로 바라보는 법 ● 6

마음으로 바라본다는 것은
나에게도 '그럴 수밖에 없었던 이유'가 있는 것처럼
그에게도 '그럴 수밖에 없었던 이유'가 있다고 생각해보는 것입니다.

　　　　　　　　나의 유난스러운 행동은 대부분 나의 지
난날의 상처로부터 비롯됩니다. 마찬가지로 누군가의 유난스러운 행동
또한 대부분 그의 지난날의 상처로부터 비롯됩니다. 인간에겐 그럴 수밖
에 없는 지난날의 상처가 있기 때문입니다. '과거의 상처'는 단지 '과거의
상처'가 아니라 '현재의 상처'이면서 '미래의 상처'입니다.

　　'과거의 상처'는 현재에도 영향을 주고 미래에도 영향을 준다고 심리
학자 칼 구스타프 융은 말했습니다. 우리의 정신은 우리가 과거에 겪은
것들의 영향을 받을 수밖에 없다는 것입니다. 과거에 우리가 겪은 폭력과
억압과 공포는 우리의 현재와 미래에도 강력한 영향을 준다는 것입니다.
전쟁에 참여해 죽을 고비를 넘겼던 군인들은 도시의 불꽃놀이를 즐길 수

없습니다. 삶과 죽음의 전쟁터에서 적을 한 명이라도 더 죽이기 위해 쏘아 올린 조명탄의 살기殺氣가 도시의 불꽃놀이에도 가득 느껴지기 때문입니다. 이와 같이 우리가 겪은 폭력이나 억압이나 공포는 우리의 의식과 무의식 속에 각인되어 다양한 방식으로 우리의 일상을 지배합니다. 우리가 겪은 폭력이나 억압이나 공포는 여러 가지 형태의 정신장애가 되어 우리의 일상을 지배한다는 것입니다.

나에게 혹은 타인에게 유난스러운 모습이 있다면 그것은 대부분 지난날의 상처와 맞닿아 있습니다. 지난날의 상처가 괴물이 되어 우리의 유난스러움을 만든 것입니다. 지나친 결벽증이 있거나, 지나치게 자신을 내세우거나, 지나치게 예민하거나, 지나치게 소심한 것도 지난날의 상처와 맞닿아 있는 것입니다. 지나치게 냉소적이거나, 지나치게 불평을 늘어놓거나, 지나치게 열등감을 느끼거나, 지나치게 부정적이거나, 심지어는 지나치게 타인을 배려하는 것도 지난날의 상처와 맞닿아 있는 것입니다. 지난날의 상처가 나와 그들을 그렇게 만들었을 가능성이 아주 높다는 것입니다.

도무지 이해할 수 없는 누군가의 성격이나 행동이 있나요? 그들은 왜 도무지 이해할 수 없는 성격을 가졌으며, 도무지 이해할 수 없는 행동을 할까요. 그들도 어찌할 수밖에 없는 지난날의 상처가 그들을 그렇게 만들었을 가능성이 높습니다.

도무지 이해할 수 없는 나의 성격이나 행동이 있나요? 나는 왜 도무지 이해할 수 없는 성격을 가졌으며, 도무지 이해할 수 없는 행동을 할까요? 나 자신도 어찌할 수 없는 지난날의 상처가 나를 그렇게 만들었을 가능성이 높습니다.

우리는 선택할 수 있습니다. 마음에 들지 않는 상대방의 성격을 비난할 수도 있고, 상대방에겐 그럴 수밖에 없는 상처가 있을 거라 여기며 상대방을 이해해 보려고 노력할 수도 있습니다. 마음에 들지 않는 나의 성격을 자책할 수도 있고, 나에겐 그럴 수밖에 없는 상처가 있을 거라 여기며 나를 이해해보려고 노력할 수도 있습니다. 인간에겐 그럴 수밖에 없는 지난날의 상처가 있기 때문입니다.

철학자 비트겐슈타인은 "말할 수 없는 것에 대해서는 차라리 침묵해야 한다."라고 말했습니다. '인간의 내면'과 '종교'와 '윤리'에 대해서 함부로 말하지 말라고 말한 것입니다. 비트겐슈타인은 우리에게 '눈'이 아니라 '마음'으로 바라보라고 주문한 것인지도 모릅니다.

'마음의 힘'을 가진 사람은 누군가의 허물을 보았다 해도 함부로 그를 비난하지 않습니다. 그의 지난날의 상처가 그를 그렇게 만들었을 거라고 여기며 한 번 더 그를 이해하려고 애씁니다. '마음의 힘'을 가진 사람은 자신의 허물을 보았을 때도 쉽게 절망하지 않고 자신을 성찰합니다.

마음으로 바라보는 법 ● 7

마음으로 바라본다는 것은
상대방이 가지고 있는 '가시'를
나도 가지고 있다고 생각해보는 것입니다.
또한 내가 가진 '가시'를 긍정할 수 있을 때
상대방의 '가시'도 인정할 수 있다고 생각해보는 것입니다.

앞에서도 말씀드린 것처럼 누군가 나를 무시했다면, 그래서 모멸감을 느낀 적이 있다면, 나는 그를 무시한 적이 없는지, 나는 또 다른 누군가를 무시한 적이 없는지 자신을 향해 진지하게 물어야 합니다. 누군가 나를 비난했다면 나는 그를 비난한 적이 없는지, 굳이 그가 아니어도 또 다른 누군가를 비난한 적은 없는지 돌아보아도 좋겠습니다.

내가 가진 가시를 긍정할 수 있을 때 나는 나를 긍정할 수 있고, 상대방이 가진 가시도 인정할 수 있습니다. 쉽지 않은 일이지만 상대방의 가시를 인정할 수 있을 때 우리의 영토는 더욱 넓어집니다. 우리가 소통하며 살아가야하는 사람들 중에 가시가 없는 사람은 한 사람도 없기 때문입니다.

제게 이런 일이 있었습니다. 어느 늦은 밤 제 아내와 딸이 대판 싸움을 벌였습니다. 이유가 무엇이든 엄마를 무시하는 딸아이를 그냥 두고 볼 수 없어 저까지 나섰다가 더 큰 싸움이 되고 말았습니다. 그날 밤 저희 가족은 서로에게 심한 상처를 주었습니다. 누구의 상처가 더 컸다고 말할 수도 없습니다. 마음이 몹시 심란하여 잠도 오지 않았습니다. 아내도 딸들도 쉽게 잠들지 못했을 것입니다.

저는 그날 새벽까지 편지를 썼습니다. 오래전 제가 쓴 글의 일부 내용을 편지에 넣기도 했습니다. 상처받은 저 자신을 위로하고 싶어 쓴 편지였지만 아내와 딸도 위로하고 싶었습니다. 다음 날 제가 쓴 편지를 아내와 딸아이에게 주었습니다. 아래 있는 편지는 그날 쓴 편지입니다. 가족과의 갈등으로 혹은 누군가와의 갈등으로 마음 아파하는 분들이 있다면 이 편지가 조금이나마 위로가 되었으면 좋겠습니다.

민들레의 눈높이

당신은 김밥을 좋아하시나요? 나는 김밥을 좋아합니다. 사람들이 김밥을 좋아하는 건 어쩌면 사람들 가슴 속에 '소풍'이라는 아름다운 추억이 있기 때문입니다. 김밥을 만들 때 김밥 속엔 여러 가지 재료가 들어갑니다. 단무지, 계란, 햄, 시금치, 오이, 당근······. 형형색색의 재료가 들어간 김밥 속은 앞마당의 꽃밭처럼 화려합니다. 그런데 말이죠. 김밥 속이 화려해지면 화려해질수록 김밥은 빨리 상한다고 합니다. 신기하게도 사람 사는 모습도 꼭 김밥 속 같습니다. 삶이 화려해질수록 그 사람의 영혼도 빨리 상해버리니까요. 삶이 화려해지고 높은 곳에 오를수록 사람들은 낮아질까 봐, 초라해질까 봐 늘 불안해합니다.

당신과 나는 항상 최고가 되겠다고 생각하지 않으면 좋겠습니다. 모든 사람들에게 박수만 받겠다고 생각하지도 말고요. 꿈이 너무 많은 사람은 행복해질 수 없기 때문입니다. 불 하나를 켜면 별 하나가 멀어지기 때문입니다. 꿈 때문에 당신이 너무 아파하지 않았으면 좋겠습니다. 당신을 위해 나도 조용히 불을 끄겠습니다.

당신과 나는 들꽃 같은 사람이 되었으면 좋겠습니다. 꽃을 피워야만 사랑받는 튤립이 되지 않았으면 좋겠습니다. 언제 꺾일지 몰라 불안해하는 백합도 되지 않았으면 좋겠습니다. 있는 듯 없는 듯 소리 없이 피고 지는 들꽃 같은 사람이 되었으면 좋겠습니다. 불어오는 바람에도 아름답게 흔들릴 줄 아는 들꽃. 아무 곳에나 피어나지만 아무렇게나 살아가지 않는 그런 들꽃 말입니다. 제비꽃, 달맞이꽃, 패랭이꽃, 엉겅퀴꽃, 찔레꽃, 아기별꽃, 민들레······. 이 꽃들은 여치 울음소리와 개구리 울음소리를 들으며 제 영혼의 키를 키울 줄 아는 들꽃입니다. 보슬보슬한 흙 위에 누워 밤하늘의 북두칠성을 바라볼 줄 아는 눈빛 맑은 들꽃입니다.

당신이 피워낸 아름다운 꽃이 엉겅퀴꽃이나 찔레꽃처럼 몇 개의 가시가 있다 해도 괜찮습니다. 생텍쥐페리의 '어린 왕자'가 사랑했던 장미는 네 개의 가시를 만들어 세상과 맞서 자신을 지켰습니다. 당신과 나도 자신을 지키기 위해 몇 개의 가시를 만들 수밖에 없었습니다. 물론 그 날카로운 가시는 우리 자신을 지키기 위한 가시일 수도 있지만 우리 자신을 찌르는 가시도 될 수 있다는 것을 우리는 잘 알고 있습니다.

거대한 세상과 대적하기엔 우리의 가시는 너무 연약했고 우리의 마음 또한 여렸습니다. 당신과 내 마음 속에 뾰족한 가시가 있다고 대놓고 말하는 사람들도 있지만 그들 또한 자신을 지키기 위해 뾰족한 가시를 만들었음을 우리는 알고 있습니다.

당신이 가진 뾰족한 가시를 당신의 운명처럼 사랑했으면 좋겠습니다. 가시가 없는 당신을 세상이 송두리째 삼켜버릴 수도 있기 때문입니다. 당신이 가진 뾰족한 가시에 누군가 잠시 마음을 찔렸다 해도 당신이 오랫동안 마음 아파하지 않았으면 좋겠습니다. 자신의 막다른 골목을 알고 있는 인간은 어떻게 해서든 그 막다른 골목까지는 가지 않으려고 그토록 뾰족한 가시를 만들어놓았는지도 모릅니다.

당신이 가진 그 뾰족한 가시의 이름이 올바른 비판능력이어도 좋겠습니다. 당신이 가진 그 뾰족한 가시의 이름이 당신의 존엄을 지키기 위한 평범한 주권이어도 좋겠습니다. 당신이 가진 그 뾰족한 가시의 이름이 설령 '억지'라고 해도 어쩔 수 없습니다. 깨달음은 뒤늦게 올 때도 있으니까요.

"당신 안에 있는 악마를 몰아내면 당신 안에 있는 천사도 함께 쫓겨난다."라고 C.S 루이스는 말했습니다. 악마를 몰아냈다는 당신의 확신은 당신을 악마보다 더 사악한 악마로 만들 것이기 때문입니다. 우리는 악마도 아니고 천사가 되고 싶지도 않았습니다. 타인과 평등하게 존중 받기를 원하는 온전한 인간이 되고 싶었을 뿐입니다.

당신의 가슴속 아픔들이 아름다운 꽃이 될 거라 믿겠습니다. 들판 가득 엄마의 눈물처럼 피어 있는 아름다운 들꽃이 될 거라 믿겠습니다. 숱한 허물을 가지고 있는 우리이지만, 때로는 기고만장한 우리이지만, 오직 민들레의 눈높이로 바라 봐야만 비로소 보이는 것들이 있습니다. 민들레처럼 바닥에 엎드려야만 비로소 들을 수 있는 노래가 있는 것처럼 말입니다.

우리는 가족 간의 다툼으로 몹시 힘들 때도 있습니다. 하지만 가족 간에 아무런 갈등도 없이 오직 배려와 덕담德談만 주고받는다면 가족 간의 사랑은 깊어질 수 있겠습니까? 미움도 없고 다툼도 없고 원망도 없다면 사랑은 무엇으로 깊어지겠습니까?

'마음의 힘'을 가진 사람은 민들레의 눈높이로 세상을 바라봅니다. '마음의 힘'을 가진 사람은 자신의 가시를 운명처럼 사랑합니다. 또한 자신이 가진 '가시'를 긍정할 때 상대방의 '가시'도 인정할 수 있음을 그는 알고 있기에 더욱 깊은 시선으로 삶과 세상과 사람을 바라볼 수 있습니다. 내게도 가시가 있는 것처럼 상대방에게도 가시가 있다는 것을 인정할 수 있다면 더 많은 사람들이 내 곁에 머물 수 있겠네요.

마음으로 바라본다는 것은
내가 나를 정성껏 보살피며 나를 기다려주는 것입니다.

　　　　　　　　　　　'마음의 힘'을 길러야 하는 여러 가지 이
유가 있지만 그 중 하나는 나와 함께 살아가는 사람들의 마음을 얻기 위
해서입니다. 누군가의 마음을 얻는데 꼭 필요한 것은 무엇일까요? 이 물
음에 대한 대답은 사람마다 다를 것입니다. 그러나 누구나 공감할 수 있
는 이 물음에 대한 몇 가지 대답은 있습니다. '친절'과 '긍정적인 말'과 '유
연한 생각'과 '진정성'은 누군가의 마음을 얻는데 꼭 필요한 것들입니다.
하지만 '친절'과 '긍정적인 말'과 '유연한 생각'과 '진정성'은 '마음의 힘'을
가진 사람만이 보여줄 수 있는 덕목들입니다.

　사람들이 불친절한 사람을 좋아할 리 없습니다. 입만 벙긋하면 부정
적인 말만 하는 사람을 누가 좋아하겠습니까? 유연하게 생각하지 못하고
오직 자신의 생각에만 갇혀 있는 사람을 누가 좋아하겠습니까? '진정성'

은 진실을 담는 그릇일 텐데 진정성이 없는 사람을 신뢰하는 사람이 있을까요? 그러므로 '친절'과 '긍정적인 말'과 '유연한 생각'과 '진정성'은 누군가의 마음을 얻는데 꼭 필요한 덕목들입니다. 물론 우리는 항상 친절할 필요도 없고 항상 긍정적인 말을 할 필요도 없습니다. 항상 유연한 생각을 가질 필요도 없고 항상 진정성을 가질 필요도 없습니다. 아무리 굳게 결심한다 해도 우리는 항상 친절할 수 없고 항상 긍정적인 말만 할 수도 없으며 항상 유연한 생각만 가질 수도 없고 누군가에게 항상 진정성 있는 모습만 보여줄 수도 없습니다.

그렇다면 '친절'과 '긍정적인 말'과 '유연한 생각'과 '진정성'을 가질 수 있는 사람은 어떤 사람일까요? 나의 굳센 의지만 있다면 이 모든 것들을 가질 수 있을까요? "나도 이제부터는 친절한 사람이 될 거야."라고 굳게 마음먹으면 우리는 진실로 친절한 사람이 될 수 있을까요? 쉽지 않을 것입니다. '친절'은 마음 깊은 곳에서 우러나와야 하는 것이니 단지 우리의 의지나 결단만으로 쉽게 얻을 수 있는 것이 아닙니다. '긍정적인 말'과 '유연한 생각'과 '진정성'도 마찬가지입니다.

그렇다면 이러한 덕목들을 가지려면 어떻게 해야 할까요? 이것들을 갖기 전에 우리는 우리 자신을 향해 "나는 나를 정성껏 보살피고 있는가?"라는 질문을 먼저 던져야 합니다. 누군가의 마음을 얻으려면 먼저 그 누군가를 정성껏 돌봐야 한다고 생각할 수도 있겠지만, 그것보다 먼저 나 자신을 정성껏 돌봐야 합니다. 내가 행복해야 누군가의 마음을 얻을 수 있기 때문입니다. 왜 그럴까요?

내가 나를 정성껏 보살필 때 나는 비로소 행복감을 느낍니다. 내가 행복해야 누군가를 향해 진실로 친절할 수 있으며, 내가 행복해야 누군가에게 진심 어린 긍정적인 말도 할 수 있습니다. 내가 행복해야 누군가를 향해 유연한 생각을 가질 수도 있고, 내가 행복해야 누군가에게 진정성 있는 나의 모습도 보여줄 수 있습니다.

앞에서 말한 것처럼 '친절'과 '긍정적인 말'과 '유연한 생각'과 '진정성'은 누군가의 마음을 얻기 위해 꼭 필요한 것들인데, 이것들은 내가 나를 정성껏 보살필 때 우리 안에서 자발적으로 생겨나는 것들입니다.

한 가지 질문 드립니다. 만일 길을 걷다가 우리가 누군가에게 길을 물었을 때 그가 매우 친절하게 길을 안내해주었다면 그는 정말로 친절한 사람일까요? 아니면 그날 매우 기분이 좋은 사람일까요? 이 질문에 대한 답은 '모른다'입니다. 나에게 친절을 베푼 사람은 태생적으로 친절한 사람일 수도 있겠지만 실제로는 전혀 친절한 사람이 아닐 수도 있습니다. 그는 전혀 친절한 사람이 아닌데 그 날 매우 기분이 좋아 나에게 친절을 베푼 것인지도 모릅니다. 실제로 사람들은 기분 좋은 날 타인을 향해 더 많은 친절을 베풉니다.

한 가지 더 질문 드립니다. 만일 그 사람은 태생적으로 전혀 친절한 사람이 아닌데 그 날 기분이 몹시 좋아 친절을 베푼 것이라면 그 사람의 친절은 진짜일까요? 가짜일까요? 그가 베푼 친절은 틀림없이 진짜일 거라고 저는 생각합니다. 왜냐하면 행복을 느끼는 사람이 베푼 친절은 마음 깊은 곳에서 우러나왔을 가능성이 매우 크기 때문입니다. 기분이 좋지 않은 날 우리는 누군가에게 진심 어린 친절을 보여줄 수 없습니다. 설령 친절을 보여준다 해도 마음 깊은 곳에서 우러나온 친절이 아닐 테니 상대를 감동시킬 수 없습니다.

이와 마찬가지로 이런저런 일로 짜증스러운 날 우리는 누군가를 향해 긍정적인 말보다 부정적인 말을 내뱉을 가능성이 높습니다. 심사가 몹시 뒤틀린 날, 우리는 유연한 생각을 갖기는커녕 눈에 거슬리는 것들에 대해 불평만 늘어놓을 가능성이 큽니다. 마음이 우울한 날에 누군가에게 자신의 진정성을 보여주고 싶은 마음이 들겠습니까?

누군가의 마음을 얻고 싶다면 우리는 그 누군가에게 '친절'과 '긍정적인 말'과 '유연한 생각'과 '진정성'을 보여줄 수 있어야 하는데, 내가 행복해야만 비로소 이러한 것들을 진실 되게 보여줄 수 있다는 것입니다. 마음 깊은 곳에서 우러나온 '친절'과 '긍정적인 말'과 '유연한 생각'과 '진정성'만이 누군가를 감동시킬 수 있습니다.

'마음의 힘'을 가진 사람은 자신을 정성껏 보살피며 자신을 기다려줍니다. '마음의 힘'을 가진 사람은 자신이 상상하는 것보다 자신에겐 더 많은 가능성이 있다는 것을 알고 있기 때문입니다.

　나를 기다려준다는 것은 무엇일까요? 지금 내 모습이 못마땅해도 언젠가는 멋진 사람이 될 거라 믿으며 나를 기다려주는 것입니다. 지금 내 앞에 도저히 넘을 수 없을 것 같은 장벽이 있다 해도 언젠가는 그 장벽을 반드시 넘을 수 있을 거라 믿으며 나를 기다려주는 것입니다. 지금 내게 쉽사리 고쳐지지 않는 잘못된 성격이나 습관이 있다 해도 언젠가는 고칠 수 있을 거라 믿으며 나를 기다려주는 것입니다.

　'마음의 힘'을 가진 사람은 세상은 공정하지 않다는 것을 이미 알고 있기에 공정하지 않은 세상을 탓하며 쉽게 분노하거나 좌절하지 않습니다. 다만 싸워야 할 세상의 모순과 부조리에 대해 침묵하지 않습니다. '마음의 힘'을 가진 사람은 최선을 다해도 얼마든지 실패할 수 있으며, 의미 없이 지나가는 실패는 없다는 것을 알고 있기에 묵묵히 최선을 다하며 자신을 기다려줄 수 있습니다. '마음의 힘'을 가진 사람은 '의미'와 '무의미'에 지나치게 집착하지 않습니다. 내가 노력한 것에 대한 결과가 내게 '의미'있는 것인지 '무의미'한 것인지는 지금 당장 결정될 수도 있지만, 또 다른 시간과 또 다른 상황과 또 다른 사람들 속에서 '의미'와 '무의미'는 다시 결정될 수도 있다는 것을 알고 있기에 끝끝내 자신을 기다려줄 수 있습니다.

누군가와 관계가 비틀어졌을 때 우리는 바깥으로 나가 문제를 해결하려고 합니다. 누군가와 오해가 생겼을 때 우리는 서둘러 그에게 전화를 걸거나 그를 만나려고 합니다. 그것도 중요하지만 순서는 잘못되었습니다. 누군가와 관계가 비틀어지거나 오해가 생겼을 때 가장 먼저 해야 할 일은 내가 할 수 있는 최대한으로 나를 고요한 시간 속으로 데려다 주는 것입니다. 마음이 몹시 급할 테니 그렇게 한다는 것이 쉽지 않은 일이지만 최대한 나를 고요한 시간 속으로 데려다 주었을 때, 우리는 비로소 내 바깥에서 일어난 문제를 해결할 수 있는 가장 선명한 방법을 생각해낼 수 있습니다.

누군가의 마음을 얻고 싶으신지요? 탄탄한 '마음의 힘'를 갖고 싶으신지요? 그렇다면 내가 나를 더 많이 아끼고 사랑해야겠습니다. 내가 나를 아끼고 사랑할 때 나는 사나운 세상과 당당히 맞설 수 있는 '마음의 힘'을 가질 수 있습니다. 내가 나를 아끼고 사랑할 때 나는 비로소 누군가의 마음을 얻을 수도 있습니다.

내가 나를 위해 꽃다발을 사줄 수 있을 때 진정으로 타인을 위해 꽃다발을 사줄 수 있습니다. 내 앞에 놓여 있는 꽃다발의 기쁨과 충만함이 무엇인지도 모르는 사람이 어떻게 타인에게 기쁨을 주기 위해 꽃다발을 살 수 있겠습니까?

저는 지금까지 '마음으로 바라보는 법 여덟 가지 이야기'를 말씀드렸습니다. 제가 말씀드린 '마음으로 바라보는 법 여덟 가지 이야기'는 우리가 '마음의 힘'을 얻을 수 있는 튼튼한 뿌리가 되어줄 것입니다. 뿌리만 있다면 언제든 우리가 원하는 새싹은 다시 돋아나고 열매도 다시 열릴 것입니다. '눈'이 아니라 '마음'으로 바라볼 때 우리는 더 많은 사람들과 소통할 수 있으며 더 많은 사람들의 마음을 얻을 수 있습니다.

마지막 질문 드립니다.

이 그림에 대한 생각은 글쓰기를 위해 자신을 극한까지 몰고갔던 소설가 이외수 선생님의 고된 삶에서 얻었습니다.

옆의 그림을 보고 어떤 생각이 드셨나요? 침팬지가 있는 동물원이 보이셨나요? 내 생각에 대한 지나친 확신을 잠시 내려놓고, 내 입장도 잠시 내려놓고, 내 짐작도 잠시 내려놓고, 내 편견까지도 잠시 내려놓으시면 이전과는 전혀 다른 풍경이 보이실지도 모릅니다. 그림 속에 있는 침팬지를 한 번 더 유심히 보시지요. 쇠창살 속에 갇힌 것은 침팬지가 아니라 우리일 수도 있습니다. 한쪽 손을 뒤로 감춘 침팬지가 쇠창살 바깥에 서서 눈을 동그랗게 뜨고 쇠창살 안에 갇혀 있는 우리를 바라보고 있는 것은 아닐까요?

마음으로 바라보기

ⓒ 이철환, 2017

초판 1쇄 발행일 2017년 12월 11일
초판 3쇄 발행일 2020년 11월 17일

글·그림   이철환
펴낸이   정은영
편 집   배주영
마케팅   이재욱 최금순 오세미 김하은 김경록 천옥현
제 작   홍동근

펴낸곳   (주)자음과모음
출판등록   2001년 11월 28일 제2001-000259호
주 소   04047 서울시 마포구 양화로6길 49
전 화   편집부 (02)324-2347, 경영지원부 (02)325-6047
팩 스   편집부 (02)324-2348, 경영지원부 (02)2648-1311
e-mail   munhak@jamobook.com

ISBN 978-89-544-3819-3 (03810)

이 도서의 국립중앙도서관 출판예정도서목록(CIP)은 서지정보유통지원시스템 홈페이지(http://seoji.nl.go.kr)와
국가자료공동목록시스템(http://www.nl.go.kr/kolisnet)에서 이용하실 수 있습니다.(CIP제어번호: CIP2017031738)

이 책의 일부는 아모레퍼시픽의 아리따글꼴을 사용하여 디자인 되었습니다.